W0243447

Ursula Schröder

Kerzenschein und Tannenduft

Stimmungsvolle Geschichten für die schönste Zeit des Jahres

SCM
Hänssler

SCM

Stiftung Christliche Medien

SCM Hänssler ist ein Imprint der SCM Verlagsgruppe, die zur Stiftung Christliche Medien gehört, einer gemeinnützigen Stiftung, die sich für die Förderung und Verbreitung christlicher Bücher, Zeitschriften, Filme und Musik einsetzt.

MIX
Papier aus verantwortungsvollen Quellen
FSC® C014496

© der deutschen Ausgabe 2019
SCM Verlagsgruppe GmbH · Max-Eyth-Straße 41
71088 Holzgerlingen
Internet: www.scm-haenssler.de; E-Mail: info@scm-haenssler.de

Lektorat: Rebecca Schneebeli
Umschlaggestaltung: Jens Vogelsang,
Vogelsang Design | www.vogelsangdesign.de
Titelbild: pickpik.com
Autorenfoto: Dr. Paul Gerhard Schröder
Satz: typoscript GmbH, Walddorfhäslach
Druck und Bindung: GGP Media GmbH, Pößneck
Gedruckt in Deutschland
ISBN 978-3-7751-5927-2
Bestell-Nr. 395.927

Inhalt

Vorwort

An Weihnachten kommt man nicht vorbei, und zwar ganz gleich, ob man es kaum erwarten kann oder die Zeit eher fürchtet. In unserer Familie ist es in erster Linie ein Anlass zur Freude: Wir haben Zeit, um miteinander zu reden und zu lachen, gemeinsam zu kochen und anschließend zu essen; es werden Filme zusammen angeschaut. Trotzdem ist immer auch ein wenig Anstrengung damit verbunden. Es soll doch schön werden!

Für mich war es jahrelang ein Stressfaktor, rechtzeitig an das Versenden der obligatorischen Weihnachtskarten zu denken – sowohl an private Adressen als auch an meine Geschäftskontakte. Bis ich eines Tages auf die Idee kam, stattdessen eine Weihnachtsgeschichte zu schreiben und per E-Mail zu verschicken. Darauf erhielt ich sehr positive Rückmeldungen und schnell wurde eine Tradition daraus. Inzwischen warten einige Empfänger schon gespannt darauf, weil sie die jährliche Geschichte regelmäßig bei Weihnachtsfeiern vorlesen.

Aber ich merkte: Diese Geschichten beschäftigen sich hauptsächlich mit den äußerlichen Elementen des Weihnachtsfestes. Dabei liegt der Kern doch ganz woanders: Gott kommt als Mensch in diese Welt, weil wir ihm wichtig sind. Deshalb soll es in den vorliegenden Geschichten nicht nur um Geschenkestress oder selbst gebackene Plätzchen gehen – auch wenn das alles vorkommt, weil es nun mal Aspekte von Weihnachten sind. Aber mir kam es darauf an, dass – egal, ob in witziger oder eher nachdenklicher Form – die Botschaft von Jesus Christus nicht verloren geht. Denn er ist der Grund, weshalb wir Weihnachten feiern. Das darf in allem Trubel nicht untergehen. Deshalb habe ich für diese Sammlung Geschichten geschrieben, die sein Kommen feiern und sein Wirken zeigen sollen – und das auf ganz unterschiedliche Weise, weil unser Leben nun mal sehr viele Facetten hat.

Ich wünsche Ihnen viel Vergnügen beim Lesen!

Ihre

Ursula Schröder

Stellen Sie sich vor

Lesezeit: ca. 8 Minuten

1

Stellen Sie sich vor, Sie haben eine feste Freundin, aber weil Sie ein anständiger Kerl sind, fassen Sie sie natürlich vor der Hochzeit nicht an. Sie planen schon die Feier, machen Überstunden und sparen auf ein eigenes Häuschen – und plötzlich muss sich das Mädchen ständig übergeben und wird ein bisschen rund um die Taille.

So ist es mir damals ergangen. Sie können sich denken, wie fassungslos ich war, als mir klar wurde, dass Maria schwanger war. Das hätte ich nie von ihr gedacht! Ich war fest davon überzeugt, dass sie mir treu ist! Dann kam mir plötzlich der Gedanke, ob ihr jemand Gewalt angetan hat und sie nur zu schockiert ist, um es mir zu erzählen. Aber ich musste das wissen, es ließ mir keine Ruhe.

Auf jeden Fall habe ich sie darauf angesprochen. Aber was ich da zu hören bekam, ging auf keine Kuhhaut. Ihr sei ein Engel erschienen, behauptete sie, und daraufhin sei sie schwanger geworden, ohne dass irgendwas passiert sei. Ich weiß nicht, was Sie gedacht hätten – aber so was kann man doch nicht glauben, oder? Ein Engel erscheint doch nicht einem einfachen, ungebildeten Mädchen in einer verschlafenen Kleinstadt. Und schon gar nicht, um ihr anzukündigen, sie würde den seit Jahrhunderten erwarteten Messias zur Welt bringen. Ich bin zwar nur ein Handwerker und kein Schriftgelehrter, aber das passt einfach nicht zusammen.

Dann fing sie auch noch an, das überall herumzuerzählen. Stellen Sie sich vor, das hätte jemand von der römischen Besatzungsmacht mitbekommen! Da wäre Maria doch ziemlich schnell in irgendeinem Knast gelandet und vielleicht nie wieder rausgekommen. Und ich womöglich gleich mit!

Na ja, ich sah da jedenfalls nur eine Lösung. Ich überredete sie, erst mal ihre Cousine Elisabeth zu besuchen, die war auch schwanger, da konnten sich die beiden doch im wahrsten Sinne des Wortes miteinander auskotzen. Und ich machte mich, so schnell ich konnte, allein auf den Weg nach Bethlehem. Ursprünglich wollten wir da gemeinsam hinreisen, um uns in die Steuerlisten einzutragen, aber mir wurde das Ganze einfach zu gefährlich. Ich sah nur eine Lösung: so schnell wie möglich Land gewinnen.

In Bethlehem war eine Menge los, wie überall im Land. Weil ich knapp bei Kasse war, heuerte ich schließlich bei einem reichen Typen aus Jaffa an, der sich gerade ein neues Haus bauen wollte. Der hatte eine ganz nette Tochter, und ich dachte, es wäre nicht die schlechteste Idee, in die Familie einzuheiraten.

Jetzt betreibe ich zusammen mit meinem Schwiegervater ein ganz einträgliches Geschäft. Meine Zukunft ist gesichert. Wer weiß, was sonst aus mir geworden wäre!

2

Stellen Sie sich vor, was meiner besten Freundin passiert ist! Erst konnte ich es ja nicht glauben, als sie es mir erzählt hat, aber ich kenne Marie schon so lange – die würde mich nicht anlügen, das weiß ich einfach.

Also, da sitzt sie ahnungslos zu Hause und näht an ihrer Aussteuer und denkt sich nichts Böses, da erscheint plötzlich ein fremder Mann und sagt, er wäre ein Engel und hätte eine Botschaft von Gott für sie. Ich weiß gar nicht, wie sie es geschafft hat, nicht schreiend davonzulaufen! Ich hätte das bestimmt getan, wenn da plötzlich jemand auftaucht, den ich überhaupt nicht kenne, und mir solche Storys erzählt. Ich meine, es gibt ja überall Verrückte. Vor denen muss man sich schon in Acht nehmen.

Marie sagt, sie hätte zuerst auch total Angst gehabt, aber der Mann benahm sich wohl ganz zivilisiert. Nur sein Vorschlag war natürlich ziemlich schräg. Er wollte, dass sie das Kind Gottes austrägt. Vermutlich hätte ich schon in dem Moment so rumgeschrien, dass sofort meine Mutter und das ganze Gesinde zusammengelaufen wären. Aber Marie war wohl ziemlich cool und meinte nur, das käme überhaupt nicht infrage. Prinzipiell würde sie vor der Hochzeit mit niemandem ins Bett ...

»Nein, nein«, unterbricht sie der Bote sofort, »darum geht es auch gar nicht! Von Verkehr war nie die Rede, das lösen wir anders!«

Aber auch darauf hat Marie ganz eindeutig reagiert. »Das lösen wir überhaupt nicht!«, hat sie ihm mitgeteilt. »Erstens bin ich keine Märchenprinzessin, sondern eine einfache Bauerstochter, die sich nicht für dumm verkaufen lässt. Und zweitens würde mir das hier sowieso niemand glauben, schon gar nicht mein Verlobter, und dann steinigen sie mich, wie das hier so üblich ist. Nein, vielen Dank, das mache ich nicht.«

Daraufhin wurde der Mann wohl sehr ernst und hat noch mal damit argumentiert, dass es sich um den Messias handle, von dem schon die Propheten gesprochen hätten, aber Marie hat sich nicht einwickeln lassen. Als sie noch einmal abgelehnt hat, ist er verschwunden, und sie ist dann bei mir vorbeigekommen, um mir das Ganze zu erzählen.

Ich habe sie natürlich bestärkt darin, dass ihre Entscheidung richtig war. Da könnte ja jeder kommen und einem etwas erzählen von alten Prophezeiungen und so, aber auf so etwas kann man doch nicht eingehen.

Das war bestimmt ganz schön heftig für Marie. Bin ich froh, dass das nicht mir geschehen ist!

3

Stellen Sie sich vor, Sie würden ständig nach Sachen gefragt, die sich vor Jahrzehnten zugetragen haben. Es gibt tatsächlich Leute, die meinen, ich hätte die ganze Geschichte aufschreiben sollen. Drüber nachgedacht habe ich ja. Aber irgendwann gab es kaum noch Zeitzeugen, und ich hätte schon allein meine liebe Mühe gehabt, überhaupt das korrekte Jahr der Geburt des Herrn festzustellen; dabei hasse ich Ungenauigkeit. Aber erstens fanden wir Jesus-Anhänger die Vorgeschichte längst nicht so wichtig wie die großen Leitlinien seiner Lehre, und zweitens war ich mehr als ausgelastet mit meinem Job, meiner Familie und meinen Aufgaben in der Gemeinde.

Später machten sie mir alle Vorwürfe. »Echt, Lukas«, sagen sie gelegentlich, »du als Hobby-Historiker hättest ruhig auch ein Evangelium schreiben können. Du hättest dich zum Beispiel damit beschäftigen können, wieso der Herr zwar offiziell aus Nazareth kam, tatsächlich aber in Bethlehem geboren ist. Das würde es den Theologen deutlich leichter machen, sein Werk mit den Prophezeiungen der alten Schriften in Verbindung zu bringen, damit wir die frommen Juden überzeugen können.«

»Hört bloß auf«, antworte ich dann immer. »Ich hab keinen Bock, mich um die Regierungszeiten römischer Statthalter zu kümmern oder die Frage zu klären, wieso die Eltern des Herrn sich zu seiner Geburt in Bethlehem aufgehalten haben. Wen interessiert das überhaupt?«

Dann fangen sie manchmal an rumzuspinnen, dass irgendwann die Geburt des Herrn ganz wichtig werden würde. Sie würde eine neue Zeitrechnung markieren und überall auf der Welt gefeiert werden. Dann muss ich jedes Mal lachen. Schon allein der Gedanke ist doch absurd, oder nicht?

Da konzentriere ich mich doch lieber auf mein neustes Projekt: die Geschichte der Anwendung von Heilpflanzen in Palästina. Damit ist wenigstens Geld zu verdienen, und ich muss mir auch keine Sorgen machen, dass mir vielleicht irgendwelche Beamten nachschnüffeln, weil sie Sorge haben, ich würde die falschen politischen Ansichten vertreten. Klar gehöre ich weiterhin zur Gemeinde – das ist mir schon wichtig. Aber die Lebensgeschichte unseres Herrn aufzuschreiben, nur weil ein paar Mitglieder meinen, das würde eine Rolle spielen, ist vielleicht doch etwas zu viel verlangt. Außerdem – nachdem nicht nur Johannes, sondern auch Markus und Matthäus ihre Abhandlungen veröffentlicht haben – ist der Markt meiner Meinung nach gesättigt.

Sollen sie es doch selbst machen, wenn es ihnen so viel bedeutet. Ich habe wahrlich Besseres zu tun.

4

Stellen Sie sich vor, die Familie wäre uns entkommen! Ich gebe zu, es war schon ein sehr ungewöhnlicher Befehl. Aber für unsere Leibgarde war klar, dass er ausgeführt werden musste, auch wenn es wirklich Dinge gibt, die wir lieber tun, als Kleinkinder zu eliminieren.

Aber genau darum ging es. Wir hatten ja die Sterndeuter schon mitbekommen, die sich vor einiger Zeit im Palast des Königs Herodes vorgestellt und nach einem neugeborenen Prinzen erkundigt hatten. Kein Wunder, dass der König beunruhigt war, als seine Bibliothekare die alten Prophetenschriften anschleppten, nach denen ein König in Bethlehem geboren werden sollte. Die politische Situation war mit der römischen Besatzung schon schwierig genug, da brauchten wir nicht noch neue Thronanwärter, die seine Macht infrage stellen könnten.

Als klar wurde, dass diese schmierigen Orientalen uns reingelegt und keineswegs vorgehabt hatten, mit neuen Informationen wieder an den Hof zurückzukehren, musste der König handeln. »Du weißt Bescheid«, sagte er zu mir als befehlshabendem Offizier. »Der Junge muss noch ziemlich klein sein. Wenn sich nicht eindeutig feststellen lässt, welches Kind es ist, dann müsst ihr halt alle liquidieren. Es geht um das nationale Interesse.«

Also rückten wir aus und führten in Bethlehem und Umgebung eine Untersuchung durch. Das war nicht einfach, weil im Zuge der Volkszählung dort auch Fremde durchgekommen waren. Der angebliche Prinz war nicht einwandfrei festzustellen, auch weil die Bewohner wie gewohnt unkooperativ waren. Da blieb uns nichts anderes übrig, als die flächendeckende Liquidation durchzuführen. Alles andere wäre Befehlsverweigerung gewesen – und das ist absolut inakzeptabel für ein Mitglied der königlichen Garde.

Nachdem wir die ersten drei oder vier Schreihälse einkassiert hatten, änderte sich die Stimmung. »Da gibt es eine Familie hinten bei den Schafställen«, teilte uns eine Mutter mit weinerlicher Stimme mit. Erstaunlich, wie mitteilsam manche Leute werden, wenn man ihrem Kind einen Dolch an den Hals drückt! »Die kamen von außerhalb. Die Frau hat in der fraglichen Zeit entbunden.«

»Aufgeschoben ist nicht aufgehoben!«, drohte ich ihr und gab ihr das Balg zurück. »Wehe, es stimmt nicht!« Aber wir gingen der Spur nach und entdeckten tatsächlich die besagte Familie, die schon ihre Sachen gepackt hatte und sich nach

Ägypten absetzen wollte. Sie taten zwar so, als wären sie es nicht, aber das kennen wir schon. Und als wir dann bei der Durchsuchung noch verdächtige Gegenstände entdeckten – ich meine, welcher normale Handwerker besitzt schon babylonische Goldstücke, echten Weihrauch und Myrrhe in Topqualität? –, da war es so was von eindeutig.

Wir liquidierten also das Kind, und weil die Eltern so rumjammerten, erledigten wir sie gleich mit. Ich meine, das war doch sinnvoll, sonst hätten sie vielleicht nächstes Jahr wieder einen Sohn bekommen, und das ganze Theater wäre von vorn losgegangen? Befehl ist Befehl! Und so konnten wir noch rechtzeitig für Ordnung sorgen. In Bethlehem kehrte wieder Ruhe ein – und am Jerusalemer Hof natürlich auch.

Herodes war zufrieden. Und wenn mein Dienstherr zufrieden ist, dann bin ich es auch.

5

Stellen Sie sich vor, dass jedes Jahr fast überall auf der Welt ein Fest gefeiert wird, dessen Anlass nicht klar definierbar, den Feiernden aber auch völlig gleichgültig ist. Man braucht schließlich keinen Grund zum Feiern, sondern nur einen Termin. Wichtig ist allein das Event selbst, bei dem natürlich bestimmte Symbole mit Wiedererkennungseffekt vorkommen müssen, unter anderem Lichter in jeglicher Form, ein Nadelbaum, niedliche Engelchen, stimmungsvolle Musik und natürlich gutes Essen.

Je nach Geschmack wird für verschiedene Gruppen ein spezieller Schwerpunkt gesetzt. Für von ihrer Arbeitswelt gestresste Personen wird vor allem der Erholungswert der Feiertage betont: Sie nehmen gern die Möglichkeit in Anspruch, diese Zeit für Urlaubsreisen zu nutzen oder einfach mal auszuspannen. Für Harmoniebedürftige wird der Begriff »Familienfest« in den Mittelpunkt gestellt. Das Angebot neuer Produkte als Kaufanreiz für Geschenke hat sich in diesem Zusammenhang seit Langem bewährt. Auch eine breite Palette von Dekorationsmöglichkeiten ergänzt das: Unterschiedlichste Arten von Baumschmuck, Adventsgestecken, Kerzen und Zierartikeln für Heim und Garten bedienen alle Geschmacksrichtungen und verleihen jedem Wohnstil die passende Festtags-Atmosphäre.

Abhängig von der individuellen Weltsicht bieten sich auch inhaltlich diverse Ausschmückungen. Sehr beliebt ist eindeutig die Variante »Weihnachtsmann«, bei der ein gutmütiger älterer Herr auf einem Schlitten Wünsche erfüllt, dicht gefolgt von der »Engel«-Thematik, bei der die Wunscherfüllung eher auf nicht materielle Schlüsselwörter wie »Glück« oder »Erfolg« ausgerichtet ist. Traditionsbewusste schätzen nach wie vor die sozialkritische Version, bei der beispielhaft eine heimatlose Familie Unterschlupf in einem Stall findet und von unterprivilegierten Mitbürgern unterstützt wird. Augenblicklich arbeiten internationale Marketingspezialisten aber auch an neuen Motiven, die dem aktuellen Trend zum Übersinnlichen durch Vampire, Werwölfe oder andere paranormale Phänomene Rechnung tragen. Voraussichtlich werden sie nächstes Jahr pünktlich vor dem Fest vorgestellt, um auch die Konsumenten zu erreichen, für die das Jahresend-Fest bisher noch nicht die gewünschten Themen bieten konnte.

Es hätte alles ganz anders sein können. Stellen Sie sich das mal vor!

Fliegen auf Erden

Lesezeit: ca. 7 Minuten

Unsere Eltern waren ein liebevolles Paar, das es grundsätzlich schaffte, nach christlichen Grundsätzen zu leben und Meinungsverschiedenheiten in Ruhe zu klären. Nur wenn es um den Mantel ging, wurde es schwierig.

Der Mantel (einer näher eingrenzenden Beschreibung bedurfte es bei uns zu Hause nicht) war ein dunkelgrüner Lodenmantel, den mein Vater von seinem Vater geerbt hatte. Der Stoff war von einer Qualität, die vermutlich auch eine nukleare Katastrophe überstehen würde, und nie hatte eine Motte gewagt, sich diesem Kleidungsstück auch nur zu nähern.

»Der wird mich noch überleben«, behauptete Vater und trug das Kleidungsstück nicht ohne Respekt, und wir fragten uns gelegentlich mit gemischten Gefühlen, auf wen von uns drei Kindern das traditionsreiche Stück übergehen würde.

Wenn unsere Mutter ihn nicht vorher entsorgte, denn sie hasste den Mantel von ganzem Herzen. Sie war ansonsten keine abergläubische Frau, aber sie vermutete, dass gewisse unerwünschte Eigenschaften ihres Schwiegervaters auf jede Person übergingen, die ihn trug – vornehmlich seine Unkonzentriertheit in lebenspraktischen Fragen. Opa Albrecht war in jeder Hinsicht der typische »zerstreute Professor« gewesen, eine anerkannte Koryphäe in seinem Labor, aber völlig hilflos, wenn es darum ging, die Hecke zu schneiden oder die Reifen am Auto zu wechseln. Als Vater den Mantel nach Opas Tod vom Dachboden holte, so erzählte Mutter gelegentlich, hätte sich in der Außentasche ein versteinertes Butterbrot befunden, und je nach Laune und Fantasie erweiterte sie die Beschreibung noch um Lebensmittelmarken aus der Nachkriegszeit oder ein Original-Autogramm von Justus von Liebig. Dennoch war Vater durch nichts dazu zu bewegen, das Kleidungsstück abzugeben. Gerade die Taschen mit ihrer Vielzahl und ihrem Stauraum faszinierten ihn.

»So was wird heute gar nicht mehr hergestellt«, schwärmte er. »Wer so einen Mantel hat, der braucht sonst nichts mehr an Tüten und Gedöns.«

»Dann muss ich ja aufpassen, dass ich nicht auch eines Tages darin verschwinde«, sagte Mutter und zog ein Gesicht.

»Ich weiß gar nicht, was du hast, Sonja«, meinte er verständnislos. »Ich trage den auch nur in der Freizeit. Aber er ist halt so praktisch und hält jedes Wetter ab.«

Auch wir konnten uns des Eindrucks nicht erwehren, dass der Mantel seinen Träger negativ beeinflusste. Wie anders wäre es zu erklären, dass Vater – sonst ein sehr umsichtiger Mann – Mutter im Keller einsperrte? Sie hatte ihn gebeten, den Riegel an der Kellertür festzuschrauben, und war dann in die Waschküche gegangen. Er wiederum hatte sich alle notwendigen Werkzeuge in die Manteltasche gesteckt, die Reparatur durchgeführt, den Riegel ordnungsgemäß vorgeschoben und war dann Getränke kaufen gefahren. Als wir Mutter eine Stunde später vermissten und befreiten, war sie verständlicherweise stinksauer und rächte sich auf ihre Weise. Vater hatte sich Sauerkraut gewünscht, mit Kartoffelpüree. Aber statt die Milch, mit der sie das Püree anrührte, wie üblich mit Wasser zu verlängern, verwendete sie Rote-Bete-Saft, sodass wir eine rosafarbene Pampe auf dem Teller hatten.

»Was ist denn das?«, fragte er irritiert.

»Ich weiß auch nicht«, antwortete sie mit gespielter Unschuld. »Vielleicht ist es Kartoffelbrei, vielleicht auch Einhorn-Kotze. Ich kann es nicht sagen, ich war ja im Keller eingesperrt.«

Wir Kinder fanden es ziemlich lustig, Vater hingegen musste sich sehr überwinden, daraufhin seinen Teller leer zu essen, wie er es immer von uns verlangte. Aber da er sich weigerte, einen Zusammenhang zwischen dem Vorfall und dem Mantel herzustellen, änderte das nichts an seiner Liebe zu dem guten Stück.

Bis zu dem Weihnachtsfest mit den Fliegen. Schon im Vorfeld hatte Mutter ihn erinnert, neue Birnchen für die Weihnachtsbaumbeleuchtung zu besorgen. Bei uns war es üblich, den Baum bereits am vierten Advent aufzustellen und zu schmücken, weil unser Programm am Heiligabend dafür nicht genügend Zeit ließ, und so begann sie um den zweiten Advent herum mit den Vorbereitungen. Dazu gehörte das Überprüfen der Lichterkette, die nur brannte, wenn alle Lämpchen intakt waren.

»Wo sind die Ersatzbirnchen, Rudi?«, fragte sie Vater.

»Die habe ich gestern mitgebracht«, sagte er. »Vermutlich liegen sie auf dem Schränkchen im Flur.«

»Da liegen sie nicht«, widersprach Mutter. »Und in der Kiste mit der Weihnachtsdeko sind sie auch nicht.«

»Ich könnte schwören, dass ich im Baumarkt welche gekauft habe«, versicherte Vater. »Aber ich kann auch morgen noch mal welche holen.«

Eine Woche später fragte sie erneut nach den Birnchen. Und wieder behauptete Vater, er hätte längst welche besorgt, die sich dann aber nicht auffinden ließen. Schließlich war Mutter so entnervt, dass sie sich selbst auf den Weg machte und Ersatzbirnchen kaufte, denn inzwischen war es höchste Zeit – und ein Baum ohne Lichter, das ging schließlich gar nicht.

Die Sache ging aber nicht ganz spurlos an der ehelichen Stimmung vorbei, zumal auch mein Vater plötzlich begann, die ganze Wohnung abzusuchen. Das Schränkchen im Flur wurde beiseitegerückt, der Kleiderschrank durchwühlt, mit einem Besenstiel unter den Schränken gestochert.

»Was machst du da, Rudi?«, fragte Mutter argwöhnisch, als sie ihn dabei überraschte.

»Ich? Äh – nichts«, stotterte er. »Ich suche meine Lesebrille.«

»Unter dem Gläserschrank?«, fragte sie und zog sie mit einer eleganten Bewegung aus seiner Hemdtasche. »Hier, bitte sehr. Vielleicht findest du ja nun auch die Weihnachtsbaum-Birnchen, die du gekauft hast.«

»Hör auf, auf mir rumzuhacken«, knurrte er. »Ich habe welche gekauft. Glaub es mir einfach.«

»Und wo sind sie dann?«

Darauf hatte leider keiner von uns eine Antwort.

Der vierte Advent kam, und wir stellten den Weihnachtsbaum auf, zum Glück und dank Mutters Eingreifen mit kompletter Beleuchtung. Die Stimmung war weiterhin kritisch. »Ich bin mir sicher, dass ich welche gekauft habe«, war Vaters Mantra. Und Mutter bemerkte dann spöttisch: »Natürlich, aber wo sind sie?«

Drei Tage später war Heiligabend. Oma wurde aus Marburg geholt, Geschenke mussten verpackt und das aufwendige Weihnachtsessen vorbereitet werden. Es war hektisch wie immer. Kurz bevor wir zum traditionellen Gottesdienst aufbrechen wollten, flog ein fetter schwarzer Brummer an uns vorbei. »Wo kommt der denn her?«, fragte Oma. »Das ist ja ungewöhnlich, mitten im Winter.«

Aber wir dachten uns noch nichts dabei.

Nach dem Gottesdienst gingen wir wie immer zu Matuschewskis, unseren Nachbarn. Seit Jahren war es üblich, dort ein Glas Sekt zu trinken und kleine Geschenke auszutauschen. Dann kehrten wir nach Hause zurück und deckten gemeinsam den Tisch. Inzwischen surrten schon mindestens fünf dicke Fliegen durch das Wohnzimmer.

»Das ist ja ekelhaft«, meinte Mutter. »Rudi, such doch mal die Fliegenklatsche.«

Vater tat wie geheißen und erlegte ein halbes Dutzend. Aber schon während des Essens waren genauso viele wieder da. Und als wir schließlich unsere Geschenke auspacken wollten, waren es noch deutlich mehr geworden. Ständig summte es um uns herum.

»Ich glaub das nicht«, sagte Mutter und beobachtete, wie die Biester um die Wohnzimmerlampe kreisten. »Wo kommen die bloß her?«

Wir wussten es alle nicht, deshalb machten wir erst mal Bescherung. Vater überreichte Mutter ein ziemlich großes Geschenk, was ungewöhnlich war, denn normalerweise schenkt er ihr immer Schmuck, über den sie sich auch immer freut. Deshalb riss sie etwas verwundert das Papier auseinander. »Oh, eine Kaffeemaschine!«

»Dafür macht George Clooney doch immer Werbung«, erklärte er. »Gefällt sie dir?«

»Doch, doch!«, versicherte sie. »Die ist toll.« Aber es war nicht das Leuchten in ihren Augen wie sonst, wenn sie sich die neue Kette umlegte oder das Armband, mit dem sie heimlich gerechnet hatte.

Stattdessen landete eine der dicken schwarzen Fliegen auf ihrem schmucklosen Handgelenk, und sie wedelte sie entnervt beiseite. »Das kann doch so nicht weitergehen! Rudi, was können wir denn tun?«

Auch Oma hatte sich das mit den Fliegen längere Zeit angesehen und sagte: »Die kommen aus dem Weihnachtsbaum.«

»Aus dem Weihnachtsbaum?«, riefen wir ungläubig.

Sie nickte. »Natürlich! Offensichtlich habt ihr einen Baum erwischt, in dem Fliegenlarven stecken. Und nach ein paar Tagen in der warmen Wohnung dachten die, es ist Frühling, und sind geschlüpft.«

»Igitt!« Wir starrten unseren Christbaum an – mit deutlich weniger Begeisterung als vorher. Mutter sprach aus, was wir alle dachten: »Der Baum muss weg.«

Gesagt, getan. Gemeinsam pflückten wir die Kugeln und die Beleuchtung aus den Zweigen, immer von Fliegen umsurrt, und dann warf sich Vater mal wieder in seinen geliebten Mantel, zog sich Handschuhe an und trug den Baum nach draußen. Der hatte noch keine Zeit gehabt, Nadeln abzuwerfen, insofern ging das Aufräumen schnell, und irgendwann hatten wir auch alle Fliegen erwischt. Dann klingelte es an der Haustür.

Ich ging aufmachen. Es war Vater. »Komisch«, sagte er. »Ich war mir sicher, ich hätte den Haustürschlüssel eingesteckt.«

»Das hast du auch«, sagte Mutter. »Ich habe es selbst gesehen.«

Er griff kopfschüttelnd noch mal in die Manteltasche. Ganz tief. »Oh«, sagte er. »Da ist ein Loch.«

»Gib mal her«, forderte Mutter. Sie nahm den Mantel und schüttelte ihn. Etwas klimperte. Auch ein Rascheln war zu hören. »Hm«, machte sie und fühlte den unteren Teil des Mantels ab.

Sie ging in die Küche und holte eine Schere, und bevor Vater protestieren konnte, schnitt sie eine klaffende Lücke in den Mantelsaum. Wir verfolgten es sprachlos.

»Du hättest auch das Futter abtrennen können«, sagte Oma. Aber nun war es zu spät.

Mutter öffnete die Lücke weiter und griff in die dunklen Tiefen. Sie holte Vaters Haustürschlüssel heraus, drei Packungen mit Ersatzkerzen für die Weihnachtsbaumbeleuchtung, mehrere Schraubenzieher in unterschiedlichen Größen, zwei Pakete Papiertaschentücher, einige Münzen und ein längliches Päckchen mit einer zerdrückten Schleife.

Danach griff Vater zuerst. »Und ich hatte befürchtet, das wäre mir gestohlen worden!«, sagte er. Er zupfte die Schleife ein wenig zurecht und reichte Mutter das Päckchen. »Das ist für dich!«

»Danke, Rudi«, sagte sie und öffnete es. Darin befand sich tatsächlich ein Armband. Verstohlen wischte sie sich eine Träne aus dem Augenwinkel, nachdem sie es angelegt hatte.

Vater räumte die anderen Sachen weg. »Bin ich froh, dass sich das alles aufgeklärt hat!«, verkündete er.

Wir konnten ihm da nur zustimmen. Auch ohne Weihnachtsbaum hatte sich die Stimmung deutlich verbessert.

Den Mantel sahen wir nie wieder. Vermutlich wundert sich mittlerweile ein Mitarbeiter vom Roten Kreuz, warum jemand einen so gut erhaltenen Lodenmantel in den Sammelcontainer wirft. Aber wenn er den tiefen Schnitt im Saum sieht, wird er es vielleicht verstehen.

Das ungesungene Weihnachtslied

Lesezeit: ca. 7 Minuten

Ausgangspunkt der ganzen Weihnachtslied-Affäre war eindeutig die Fahrt zu unserer jährlichen Singfreizeit. Wolf und Mona nahmen uns in ihrem »Raumgleiter« mit, in dem genug Platz war für sechs Personen und Gepäck. Die beiden thronten ganz vorne, Daniel und Arne in der Mitte, ich war freiwillig ganz nach hinten geklettert, wo unser neuester Mitstreiter bereits saß und in einem Gesangbuch blätterte.

Mona hatte mir schon von ihm erzählt. »Ein bisschen verrückt, aber ganz nett«, lautete ihr Urteil. »Wohnt in Düsseldorf. Arbeitet bei einem größeren Laden im IT-Bereich.«

»Hallo, ich bin Amelie«, stellte ich mich vor und schnallte mich an.

»Schöner Name«, meinte er. »Ich bin Pascal.«

Namen hatten es ihm offensichtlich angetan. Amüsiert las er mir welche aus der Autorenliste des Gesangbuchs vor: Karl Knödel, Martha Müller-Zitzke, Christian Knorr von Rosenroth. Um uns die Zeit zu vertreiben, erfanden wir – inspiriert durch LKW-Aufschriften und Ortsnamen auf Wegweisern – ein paar weitere. Und so entstand eine fiktive Person namens Ignaz Arthur Borbelholz.

Der Name gefiel auch Daniel. Er meinte, der hätte sicher ein paar schöne fromme Lieder schreiben können, und albern, wie man manchmal in so einer Gruppe ist, dichteten wir gemeinsam die erste Strophe seines Weihnachtslieds:

»Das Schäfchen blökt, der Esel schreit,
die Sternlein funkeln aus den Höhen;
ein Krippelein ist vorbereit',
Maria liegt schon in den Wehen.«

»Das ist gut«, befand Pascal. »Das müssen wir für die Nachwelt festhalten.« Er holte ein kleines handliches Notebook aus seinem Rucksack und schrieb den Text auf. »Was haltet ihr von dem Refrain: ›Den Menschen steht der Himmel offen wie einem Schaf das Scheunentor‹?«

Durch unser Gelächter war Mona neugierig geworden. Gut gelaunt klärten wir sie über Ignaz Borbelholz und sein Weihnachtslied auf. Sie ist die musikalischste Person, die ich kenne, und mit ihrer Hilfe fanden wir auch eine passende Melodie. Bis wir bei unserem Freizeitheim angekommen waren, konnten wir das Lied schon ganz passabel.

Eine Singfreizeit ist kein Erholungsurlaub. Aber gerade weil man so intensiv an den vom Chorleiter vorgegebenen Stücken arbeitet, braucht man danach noch Zeit zum Runterkommen. Eine größere Gruppe blieb gleich am ersten Abend rund um das Klavier hängen, und in unserer Feierabendlaune brachten wir den anderen das Borbelholz'sche Weihnachtslied bei. Mona spielte die Begleitung, Arne improvisierte eine Unterstimme, und Pascal nahm das Ganze mit seinem Handy auf. Es war wirklich lustig. Als ich kurz nach zwei endlich ins Bett fiel, hatte ich Bauchschmerzen vor Lachen.

Pascal und ich kamen morgens gleichzeitig im Frühstücksraum an. Während ich mein Brötchen schmierte, zeigte er mir den Videoclip von gestern. Er hatte den Ton mit seinem Text kombiniert, sodass man weder uns Sänger noch die Rotweinflasche auf dem Tisch sehen konnte. Der Gesang allein klang recht feierlich.

Mona kam dazu, etwas blass um die Nase, und auch ihr spielten wir »Das Schäfchen blökt« vor.

»Du hast das bei YouTube eingestellt?«, fragte sie ungläubig.

»Klar«, meinte er. »Warum denn nicht?«

Sie rollte mit den Augen. »Tu, was du nicht lassen kannst, aber ich will damit nichts zu schaffen haben, ist das klar?«

»Natürlich!«, versicherte er. Und ich setzte augenzwinkernd hinzu: »Wieso auch? Das ist doch das Lied von Ignaz Borbelholz!« Pascal und ich grinsten uns an wie zwei Verschwörer, während Mona sich seufzend Kaffee eingoss.

Ich glaube, erst in diesem Moment reifte in Pascal der Plan, den er dann im Laufe des Wochenendes in die Tat umsetzte. Uns fiel erst gar nicht auf, dass er immer mal wieder mit einem kleinen Lächeln im Gesicht vor seinem Notebook saß. Nur Daniel begann ihn irgendwann damit aufzuziehen, indem er sagte: »Na, bist du wieder am Holzborbeln?«

»Du sagst es!«, antwortete Pascal vergnügt.

Auf der Rückfahrt saßen wir wieder zusammen auf den hinteren Plätzen. Wir unterhielten uns über alles Mögliche: unsere Chöre, unsere Jobs, unsere Lieblingsfilme, seinen Schuh-Tick, meine Flugangst, solche Sachen. Wir tauschten unsere Handynummern aus. Nachdem Pascal meine Daten abgespeichert hatte, klickte er noch mal unsere denkwürdige YouTube-Aufnahme an und sagte: »Wow, wir haben schon 124 Downloads!«

»Wie kann das denn sein?«, fragte ich verblüfft. »Wer interessiert sich für so was?«

»Die Leute, die mehr über Ignaz Arthur Borbelholz wissen wollen, Amelie«, antwortete er mit diesem hintergründigen Lächeln. »Du kannst ihn ja mal googeln.«

Ich tat es, weil ich sowieso nichts anderes zu tun hatte. Und riss die Augen auf. »Der hat einen Wikipedia-Eintrag!«, rief ich verblüfft. »Und es gibt dazu einen Blog!«

»Natürlich!«, sagte Pascal mit unschuldiger Miene.

Jetzt zückten auch die anderen im Auto neugierig ihre Telefone und stellten fest, dass es unter der Adresse »Ungesungenesweihnachtslied.blogspot.com« einen ersten Eintrag gab, der eine traurige Geschichte umriss. Borbelholz hätte angeblich zum Weihnachtsfest 1904 einen rührenden Choral geschrieben und seiner Verlobten Hermine von Unding gewidmet. Leider war es ihm nicht vergönnt, sie zu heiraten, weil er nur ein armer Vikar war. 1908 schließlich gab Hermine dem Druck ihrer Eltern nach und ehelichte kurz vor Weihnachten einen italienischen Grafen, mit dem sie in die Toskana zog. Borbelholz war am Boden zerstört und verfügte in seinem Schmerz, dass sein Lied 111 Jahre lang nicht gesungen werden dürfe. Somit sei es Weihnachten 2019 zum ersten Mal wieder möglich, dieses schöne Werk öffentlich zu Gehör zu bringen.

Daniel konnte sich vor Lachen kaum halten. »Das hast du dir alles ausgedacht? Das ist ja so schräg, das muss ich auf Facebook teilen!« Arne ging noch einen Schritt weiter und schickte eine WhatsApp-Nachricht an die gesamte Freizeitgruppe. Wir hatten allein bei der Vorstellung eine Menge Spaß, wie sich die anderen Teilnehmer wundern würden, die noch nie etwas von Ignaz Arthur Borbelholz gehört hatten. Und dann sangen wir aus lauter Begeisterung das Lied noch mal mit, als Pascal es über sein Notebook abspielen ließ.

Als ich Pascal ein paar Wochen später auf Monas Geburtstag traf, hatte »Das Schäfchen blökt« bereits die Grenze von zehntausend Downloads geknackt. »Damit hatte ich gar nicht gerechnet«, gestand er mir. »Aber es gibt anscheinend Leute, denen ist es total wichtig geworden.« Es gab inzwischen einen vierstimmigen Chorsatz, den ein pensionierter Kantor erstellt und zum kostenlosen Download freigegeben hatte. Dazu hatten eine Menge Nutzer positive Kommentare geschrieben.

»Betreibst du denn diesen Blog weiter?«

Er grinste. »Ab und zu schreibe ich mal einen neuen Post, wenn mir langweilig ist. Liest du den denn gar nicht, Amelie?«

Ich gelobte Besserung und sah mir die Seite am selben Abend noch an. Entweder war es Pascal oft langweilig oder er brauchte einfach ein Spielfeld für seine blühende Fantasie. Es war erstaunlich, was er alles auftrieb, um seine Leserschaft zu unterhalten: Bleistiftzeichnungen mit Unterschriften in

Sütterlinschrift, Fragen rund um das Urheberrecht bei Verstorbenen, ein Bericht über den oberschwäbischen Jakobsweg, den Ignaz angeblich gegangen war.

Ich schickte ihm eine anerkennende Nachricht auf WhatsApp. Er antwortete mit dem Vorschlag, zusammen ein Konzert zu besuchen, damit er auch mal das echte Leben mitbekam. Er war gerade aus seinem Italienurlaub zurück und zeigte mir stolz das Foto eines Grabes, das er in der Nähe von Siena gemacht hatte. »Hermine di Monterosso Bercelli«, sagte er, »das muss sie einfach sein. Ignaz Arthurs große Liebe.«

»Du bist schon ein verrückter Hund«, sagte ich lachend. »Was machst du denn sonst so?«

»Ich werde nach Mumbai gehen für ein Jahr«, erzählte er. »Stell dir vor, wenn ihr hier eure Nikolausstiefel aufstellt, bin ich schon in Indien. Du kannst mich ja mal besuchen.«

»Du weißt doch, dass ich freiwillig in keinen Flieger steige.«

»Ach ja, stimmt. Dann schicke ich dir Videos.«

Ich war aber auch ohne Fliegen viel unterwegs in der nächsten Zeit: Projekte in Mainz und München, eine Fortbildung in Frankfurt. Pascal hielt mich gelegentlich per Textnachricht auf dem Laufenden, was die Borbelholz-Sache anging: über 100 000 Downloads im Oktober, weitere Choraufnahmen des Liedes auf YouTube, sogar eine englische Version geisterte durch das Netz.

Ziemlich erschöpft war ich gerade zu einem Termin am Bodensee angekommen, als er mir Mitte Dezember schrieb: »Was machst du zu Weihnachten?«

»Bin bei meinen Eltern«, textete ich zurück.

»Ich dachte, wir könnten uns mal treffen?«

Sofort dachte ich voller Panik an den Flug nach Mumbai. Vermutlich gab es von Köln noch nicht mal eine direkte Verbindung. »Sorry, keine Chance!«, schrieb ich zurück. »Du glaubst doch nicht, dass ich mir das antue?«

Darauf antwortete er nicht mehr.

Dieses Jahr hatten meine Eltern beschlossen, an Heiligabend den Spätgottesdienst um zehn Uhr zu besuchen, weil da der Chor sang und ihr Lieblingspfarrer predigte.

So saß ich schon etwas müde neben ihnen in der Bank, als der Pastor auf die Kanzel stieg. »Liebe Gemeinde«, begann er. »Ich möchte euch heute eine Geschichte erzählen, in der es um unerfüllte Wünsche und Hoffnungen geht, so wie wir sie alle einmal erleben. Im Mittelpunkt steht ein junger Geistlicher namens Ignaz Arthur Borbelholz.«

Hallo? Ich war auf einen Schlag wieder hellwach. Staunend hörte ich, mit welcher Inbrunst der arme Ignaz um seine Hermine gekämpft hatte. In glühenden Farben schilderte der Pastor die Entstehung des Weihnachtsliedes und was für ein Vorbild uns das sein könnte, bevor er sich dem eigentlichen Weihnachtsgeschehen widmete.

Meine Mutter stieß mir den Ellbogen in die Rippen. »Wieso lachst du die ganze Zeit?«, zischte sie mir zu. »Das ist doch eine ganz bewegende Geschichte!«

»Stimmt«, flüsterte ich und riss mich zusammen. Möglichst unauffällig holte ich mein Handy hervor, um aufzunehmen, wie der Chor sang: »The lamb calls out, the donkey cries«. Das musste einfach für die Nachwelt festgehalten werden.

Ich konnte das Ende des Gottesdienstes kaum erwarten. Während meine Eltern noch Leute begrüßten, schlich ich aus der Kirche und öffnete auf dem Handy den Blog. Pascal hatte wie erwartet einen Weihnachts-Eintrag geschrieben, der mit den Worten endete: »Erinnern wir uns heute an Ignaz, der seine große Liebe Amelie nie wiedergesehen hat!«

Ich riss die Augen auf. Der Post war erst eine knappe Stunde alt, und mehrere Leser hatten bereits kommentiert: »Amelie?!? Die Frau hieß doch Hermine!«

Verunsichert rief ich Mona an. Im Hintergrund war viel Getöse zu hören. »Ja, Pascal ist längst wieder in Düsseldorf!«, rief sie über den Lärm hinweg. »Das mit Indien war ein Flop. Wir haben ihn eingeladen, er wollte aber nicht kommen. Wieso fragst du, Amelie?«

Ich erwartete nicht, dass sie um diese Zeit im Internet surfte und Pascals Vertipper gesehen hatte. »Ich habe gerade ›Das Schäfchen blökt‹ im Gottesdienst gehört!«

Sie lachte und verabschiedete sich mit: »Borbelholzige Weihnachten!«

Endlich waren meine Eltern bereit zum Aufbruch, und eine halbe Stunde später hatte ich die Möglichkeit, in Ruhe ins Internet zu gehen.

Das hätte ich mir aber sparen können. Der Blog war weg, der Wikipedia-Eintrag war weg, sogar der YouTube-Clip mit seinen 143 000 Downloads war gelöscht. Bis auf ein paar fremde

Choraufnahmen war jede Spur von Ignaz Arthur Borbelholz getilgt.

Ich packte meine Tasche und sagte meiner Mutter Bescheid. »Was heißt das, du musst nach Düsseldorf?«, fragte sie entsetzt. »Jetzt sofort? Was willst du denn da?«

»Ich muss da was klären«, sagte ich kleinlaut. »Es geht um Borbelholz.«

Meine Mutter verstand gar nichts. Aber ich hatte es begriffen.

Die Oma

Lesezeit: ca. 5 Minuten

Lieber Gott, meine Tochter bekommt ein Kind. Mit siebzehn. Natürlich weißt du das längst, aber ich habe es gerade erst erfahren und brauche jetzt deine Hilfe. Was soll ich bloß tun? Wie soll ich damit umgehen?

Ausgerechnet heute früh habe ich es herausgefunden, kurz bevor ich in die Kirche gehen wollte. Wenn ein Mädel sich einmal übergeben muss, heißt das ja noch nichts. Aber wenn es mehrmals innerhalb kurzer Zeit geschieht – und vor allem nachdem sie sich am Samstagabend schon um halb zehn ins Bett begeben hat, statt mit ihrer Clique auszugehen –, dann wird man als Mutter doch misstrauisch und fragt mal nach.

»Was ist los, Mareike? Bist du etwa schwanger?«

Sie versucht gar nicht erst, es abzustreiten, sondern nickt, ohne mich anzusehen.

»Warst du schon beim Arzt?«

Jetzt schüttelt sie den Kopf. »Ich habe einen Test gemacht.«

Ratlos stehe ich da. »Wer ist denn der Vater?« In letzter Zeit gab es keinen Jungen, der mir in ihrer Umgebung besonders aufgefallen wäre.

»Kennst du nicht«, sagt sie kurz angebunden und spült sich am Waschbecken den Mund aus.

»Kennst du ihn denn?«, rutscht es mir heraus. Tausend Dinge jagen mir durch den Kopf. Wie ist das passiert? War es einer dieser sogenannten One-Night-Stands? War sie zu betrunken, um sich zu wehren?

Jetzt funkeln ihre Augen empört. »Sag mal, Mama! Natürlich kenne ich ihn! Was glaubst du eigentlich von mir?«

»Ich glaube, dass du noch viel zu jung bist für ein Kind«, antworte ich seufzend.

»Und was soll das heißen? Soll ich es wegmachen lassen?«

Lieber Gott, damit hat sie meinen wunden Punkt getroffen. Was sagt das über mich, dass ich sofort daran gedacht habe? Seien wir ehrlich: Es wäre alles so viel einfacher, wenn es dieses Kind nicht gäbe. Mareike könnte in aller Ruhe Abitur machen und ihre Berufsausbildung beginnen. Dann hätte ich Platz, um mir einen Arbeitsraum einzurichten und endlich wieder etwas dazuzuverdienen. Es war alles durchgeplant. Stattdessen wird sie ein Kind haben, noch bevor sie allein Auto fahren darf, und das bedeutet ja wohl, dass sie eher mehr als weniger Platz brauchen wird. Und ich werde voraussichtlich weniger Zeit haben denn je.

Einerseits schäme ich mich für diese Gedanken. Aber ich kann auch nicht so tun, als wäre das alles kein Problem. Ich hatte immer gedacht, Oma zu werden, wäre etwas, auf das ich stolz sein würde. Aber im Moment empfinde ich das genaue Gegenteil.

Jetzt sitze ich hier im Gottesdienst, total niedergeschlagen und hilflos, und kann mich nicht auf die Predigt konzentrieren. Lieber Gott, was soll ich tun? Mein Blick fällt auf die Krippe neben dem Altar, die der Kindergottesdienst gebastelt hat. Es ist der dritte Advent. Ich sehe Maria und ihr Kind im Zentrum der Figurengruppe. Sonst sind da nur Männer – sogar die Engel sehen männlich aus.

Von Marias Mutter ist in der Bibel nirgendwo die Rede. Aber es muss sie ja gegeben haben. Ich gehe einfach davon aus, dass sie noch lebte zu der Zeit. Wie hat sie wohl reagiert, als ihre Tochter mit dieser unglaublichen Nachricht nach Hause kam: »Mama, ich kriege ein Kind. Aber es ist nicht von Josef, sondern von Gott. Ich werde den erhofften Messias zur Welt bringen.«

Hat sie ungläubig gelacht? Ihrer Tochter eventuell sogar eine Ohrfeige gegeben? Hat sie gezetert und geschimpft? Hat sie Angst gehabt davor, was die Nachbarn sagen? Damals wurden solche Mädchen ja wohl nicht selten gesteinigt! Hat sie ihrer Tochter überhaupt geglaubt? Hat sie sie unterstützt und mit ihr zusammen eine Babyausstattung genäht und sich letztlich auf ihr Enkelkind gefreut? Oder hat sie sie, so schnell es ging, verheiratet und zu Josefs Familie abgeschoben?

Lieber Gott, hilf mir! Ich fühle mich so überfordert. Ging das Marias Mutter damals auch so? War sie auch so enttäuscht wie ich darüber, was ihre Tochter ihr mitgeteilt hat? Oder hatte sie den gleichen Höhenflug, den auch Maria erlebte, die ja, wie man in der Bibel nachlesen kann, regelrecht stolz auf ihre Schwangerschaft war?

Na ja, konnte sie ja auch sein, schließlich war ihr Kind Gottes Sohn. Davon kann ich bei Mareike nun nicht ausgehen. Sie wird uns demnächst den Kindsvater vorstellen. Bitte mach doch, dass es ein vernünftiger Kerl ist, mit dem man reden kann. Einer, auf den sie sich verlassen kann und der sie nicht im Stich lässt. Einer, der sie und das Kind lieb hat. Natürlich können wir uns um die beiden kümmern, aber ein Kind braucht doch einen Vater! Du hast schließlich damals auch geregelt, dass Jesus einen weltlichen Vater hatte, der die Familie versorgte.

Und den hat er ja auch wahrlich gebraucht damals. Ich darf mir gar nicht vorstellen, wie ich anstelle von Marias Mutter reagiert hätte, als die beiden nach Bethlehem aufbrachen, um sich in die Steuerliste einzutragen, Maria schon hochschwanger. Vermutlich war sie noch jünger als Mareike jetzt. Und kein Telefon, nichts, um sich zwischendurch mal zu vergewissern, ob alles in Ordnung ist. Das arme Mädchen kriegt ihr Kind weit weg von zu Hause und ihre Mutter kann nichts tun. Ob sie sich Sorgen gemacht hat? Bestimmt.

Ich stelle mir vor, wie sie vor der Abreise noch mal nachfragt, ob die beiden alles dabeihaben und wann sie voraussichtlich zurück sein werden. Vielleicht hat sie regelmäßig Fürbittengebete für die beiden gesprochen – viel mehr konnte sie für ihren Enkel nicht tun. Hat sie davon gehört, dass König Herodes den Kindermord angeordnet hatte? Ob es Josef gelungen war, der Familie in Nazareth eine Nachricht zukommen zu lassen, um sie zu beruhigen und mitzuteilen, dass sie entkommen sind und jetzt erst mal in Ägypten abwarten, wie sich die Lage entwickelt?

Oder hatte sie keine Ahnung und saß Monate, vielleicht Jahre zu Hause und musste glauben, ihre Tochter und ihr Enkelkind wären tot? Wie fühlt sich das wohl an, diese Unsicherheit, diese mit der Zeit immer schwächer werdende Hoffnung? Ich stelle mir vor, wie sie immer wieder Menschen ausgefragt hat, die in der Stadt ankamen: »Kommt ihr aus Bethlehem? Wisst ihr irgendwas über ein junges Paar mit einem Kind?«

Als Mutter kann man doch nicht einfach zur Tagesordnung übergehen. Ich jedenfalls kann das nicht. Ich denke ständig an mein Kind, das nun auch ein Kind bekommt. Wenn ich Marias Mutter wäre – mir wäre in dieser Situation alles egal, wenn ich sie nur wiedersehen würde oder wenigstens wüsste, was aus ihr geworden ist. Aber das war wohl nicht selbstverständlich zu der Zeit. Ich erinnere mich noch daran, was meine Großmutter erzählt hat vom Krieg und der Zeit danach. Wie sich Verwandte erst durch den Suchdienst des Roten Kreuzes wiedergefunden haben. Vielleicht ist das vergleichbar.

Lieber Gott, ich glaube, ich habe meine Antwort. Eigentlich wusste ich es ja von Anfang an, aber diese Neuigkeit hat mich erst mal völlig aus dem Gleichgewicht gebracht. Auch wenn ich nicht glücklich bin über die Tatsache an sich, ich werde zu meiner Tochter stehen. Ich werde das Kind lieb haben – wie könnte ich anders? So ein kleines Wesen, das nichts dafür kann, wann und wie es entstanden ist. Ich werde das Ganze vertrauensvoll annehmen, auch wenn es nicht immer leicht sein wird. Und ich werde darauf hoffen, dass es auch für meine beruflichen Pläne eine Lösung geben wird.

Bald werden wir Weihnachten feiern und damit die Geburt eines Kindes, dessen Ankunft bestimmt auch nicht bei allen ungeteilte Begeisterung ausgelöst hat. Aber Maria hat dir vertraut, obwohl – oder vielleicht gerade weil – für sie viel auf dem Spiel stand. Einfach hast du es für sie deshalb trotzdem nicht gemacht. Auch für Mareike wird es nicht einfach werden, jedenfalls hätte sie es ohne Baby bestimmt leichter. Aber sie wird auf mich zählen können. Weil ich auf dich zählen kann, Gott. Danke dafür!

Wieder mal kein Platz

Lesezeit: ca. 5 Minuten

Omi ist gefallen und musste ins Krankenhaus. Schlimm genug, aber noch schlimmer ist, dass es ganz kurz vor Weihnachten passiert ist. Deswegen sind jetzt alle gestresst: Omi sowieso, Opa, weil er Krankenhäuser hasst, und Mama, weil sie uns nun mitnehmen muss, wenn sie ins Einkaufszentrum fährt. Denn Papa hat auch Stress im Büro und kommt nicht pünktlich nach Hause.

Nora hat keine Lust. »Einkaufen ist doof!«, mault sie. »Ich will nicht mit!«

»Du kannst aber auch nicht allein zu Hause bleiben«, sagt Mama in diesem Ton, der keine Widerrede duldet. »Anna und du, ihr kommt beide mit. Es geht nicht anders.«

Also sitzen Nora und ich beide hinten in unseren Kindersitzen, während Mama fährt. Unterwegs spricht sie mit uns ab, was wir brauchen: Wir müssen für Oma Irmgard eine dunkelblaue Strickjacke aussuchen, weil das Versandhaus nicht geliefert hat. Dann gehen wir in den Dekoladen und besorgen eine neue Schachtel silberne Kugeln für den Weihnachtsbaum. Denn ein Karton, den wir hatten, ist leider vom Küchentisch gefallen. Dabei sind sieben von zehn Kugeln kaputtgegangen. »Keine Ahnung, wie das passieren konnte«, sagt Mama genervt.

Ich weiß, dass so was passieren kann, wenn man sich die Kugeln genauer angucken möchte und nicht ahnt, wie leicht der Deckel abgeht. Aber darüber spreche ich mit ihr erst, wenn sie wieder bessere Laune hat.

Außerdem müssen wir in den Elektromarkt, um ganz besondere Ersatzbirnen für Opas ganz besondere Weihnachtsbaumbeleuchtung zu kaufen. Das wollte er eigentlich selbst erledigen, aber jetzt muss er ja im Krankenhaus sein – bei Omi.

Mama verdreht die Augen, weil sie denkt, dass ich das nicht sehen kann. Vor der Einfahrt zum Parkhaus ist eine lange Schlange. Sie stöhnt. Nachdem sie endlich ein Ticket ziehen konnte, müssen wir trotzdem lange suchen, bis wir einen Parkplatz finden. Auch im Aufzug ist es rappelvoll, im Einkaufszentrum erst recht. Es ist der letzte Tag vor Heiligabend, an dem man noch etwas einkaufen kann.

Wie geplant gehen wir erst mal in den Laden, in dem Mama das Geschenk für Oma Irmgard kaufen will. Nora und ich finden eine ganz tolle Jacke, die nicht einfach nur dunkelblau ist, sondern auch überall Kussmund-Aufnäher hat, die rot glitzern. Das sieht so schick aus, aber Mama meint, es wäre nicht das Richtige. Obwohl es zwei gegen einen steht und wir ihr gut zureden, nimmt sie lieber eine langweilige Strickjacke ohne alles, die außerdem viel teurer ist. Erwachsene sind manchmal komisch.

Überall sind lange Schlangen vor den Kassen. Im Elektromarkt ist es am schlimmsten. Nora und mir ist langweilig. Deshalb verspricht Mama uns: »Wenn wir hier fertig sind, gehen wir in die Eisdiele. Ich brauche einen Kaffee und ihr bekommt beide eine Kugel im Hörnchen. Ihr könnt euch schon mal überlegen, welche Sorte ihr möchtet.«

Das sind ja mal gute Aussichten, auch wenn das Warten damit noch schwerer ist. Endlich können wir wieder die Rolltreppe runterfahren zur Eisdiele. Natürlich ist es da auch ganz voll, aber wir haben Glück: Gerade stehen ein paar Leute auf und machen den Tisch in einer Nische frei. Schnell rutschen Nora und ich auf die eine Bank, Mama setzt sich uns gegenüber.

»Und was möchtet ihr nun?«, fragt sie.

»Cha-Cha-Tella«, sagt Nora. Für sie ist es einfach, sie isst immer das Gleiche. Ich dagegen bin nicht sicher, ob ich lieber Kirsche oder Erdbeere möchte. Beides zusammen geht nicht, das ist zu viel, sagt Mama. Davon würde mir schlecht im Auto. Also entscheide ich mich schließlich für Erdbeere, auch wenn ich mir nicht ganz sicher bin.

Aber es kommt keine Bedienung. Wir warten und warten, dabei haben Nora und ich nun wirklich Hunger auf Eis. Schließlich wird es Mama zu bunt. »Ich hole uns was von der Theke«, beschließt sie. »Ihr beiden bleibt hier sitzen und wartet, klaro?« Wir nicken.

Mama muss an der Theke auch einen Moment warten. Ich nehme deshalb die bunte Speisekarte aus dem Ständer. Weil ich schon lesen kann und Nora nicht, lese ich ihr vor, was bei den Bildern steht: »Gemischtes Eis« und »Früchtebecher« und so. Unten links ist ein Eisbecher, der heißt »Annarena« und obendrauf ist eine Kirsche.

»Annarena?«, lacht Nora. »Der heißt ja fast so wie du!«

Mein Name und eine Kirsche! Plötzlich wird mir klar, dass ich doch lieber Kirscheis möchte.

Aber das kann Mama nicht wissen. Ich muss es ihr unbedingt sagen, bevor es zu spät ist. »Du bleibst hier sitzen!«, befehle ich Nora. »Ich komme sofort wieder.« Schnell rutsche ich aus der Bank und laufe zu Mama rüber. Aber Nora hat Angst ganz allein am Tisch und kommt hinterher.

Mama sieht uns wenig erfreut an. »Ich hatte euch doch gesagt, ihr sollt am Tisch sitzen bleiben!«

»Aber ich möchte doch lieber Kirscheis!«, erkläre ich ihr, gerade noch rechtzeitig, denn jetzt ist sie dran. »Kirscheis ist besser als Erdbeere.«

»Dabei bleibt es aber endgültig!«, mahnt sie, gibt die Bestellung auf und schaut dann zu unserem Tisch. »Oh nein«, ruft sie, »das glaube ich jetzt nicht.« Nora und ich gucken auch hin und sehen, dass sich gerade zwei ältere Frauen mit vielen Tüten in unsere Nische quetschen.

»Aber das war unser Tisch!«, jammert Nora. »Die können sich doch nicht einfach da hinsetzen!«

»Klar können sie das, wenn ihr aufsteht und weggeht«, seufzt Mama und rollt mit den Augen. Und zu dem Mann hinter der Theke sagt sie: »Können Sie mir den Kaffee in einen Becher zum Mitnehmen füllen?«

Kurz danach haben Nora und ich unser Eis und Mama ihren Kaffee, aber wir haben keinen Platz zum Hinsetzen. Alle anderen Tische sind besetzt, und es sieht auch nicht so aus, als würde bald einer frei. »Also los, gehen wir«, befiehlt

Mama. Ein Stück weiter gibt es Bänke, aber die sind auch alle belegt. Wir ziehen weiter, bis wir zu dem großen Platz in der Mitte kommen, wo ein Springbrunnen ist. Der hat ein kleines Mäuerchen, auf dem schon einige Leute hocken. Für uns drei ist gerade noch Platz.

Von hier aus kann man die Krippe sehen, die sie gegenüber aufgebaut haben: Maria, Josef, das Christkind, die Hirten, die Könige und auch ein paar Tiere. »Guckt mal, die süßen Schäfchen«, sage ich. Vielleicht kann ich Mama so auf andere Gedanken bringen. Ich mag es nicht, wenn sie schlechte Laune hat.

Aber Mama reagiert nicht. Sie trinkt ihren Kaffee, ohne uns anzusehen. »Mama, die Frauen waren schuld!«, sage ich. »Die haben gesehen, dass das unser Tisch war, und sich trotzdem hingesetzt!«

Daraufhin guckt sie mich finster an. Das ist auch nicht besser. »Anna, kannst du nicht mal einfach tun, was ich dir sage? Du hast doch mitbekommen, wie viele Leute hier unterwegs sind.«

Jetzt schmeckt mir mein Eis nicht mehr so gut. Vielleicht hätte ich doch bei Erdbeere bleiben sollen.

Da meldet sich Nora zu Wort. »Warum sind denn zu Weihnachten immer so viele Leute unterwegs?«, fragt sie.

»Siehst du doch«, sage ich. »Die kaufen alle ein.«

»Aber damals war das anders!«, behauptet sie. »Das hat Corinna in der Sonntagsschule erzählt. Die Leute mussten nach Betelem wegen einer Vollzählung und ganz viele andere Leute waren auch da und es gab nirgendwo mehr Platz.«

Ich muss ihr erst mal erklären, dass es »Bethlehem« heißt und »Volkszählung«, aber das will sie gar nicht wissen. »Corinna hat gesagt, dass es der Befehl des Kaisers war. Deshalb mussten Maria und Josef auch von Lazarett nach Betelem gehen und es gab da keinen Platz mehr und sie mussten in einem Stall schlafen.« Sie zeigt auf die Weihnachtskrippe gegenüber. »Und da hat Maria dann ihr Baby gekriegt. So war das.«

Überrascht sehe ich, dass Mama lächelt. »Sieh mal an!«, sagt sie nachdenklich. »Und so sind wir jetzt auch hier gelandet und hocken vor dem Stall!«

»Weil wir sonst nirgendwo einen Platz gekriegt haben«, ergänzt Nora.

»Kriegen wir denn auch noch ein Baby?«, frage ich.

Mama lacht und legt uns beiden den Arm um die Schultern. Mit Nora in der Mitte kommt sie gerade noch an mich ran. »Nein«, sagt sie. »Ihr beiden reicht mir voll und ganz.« Ich bin froh, dass sie endlich bessere Laune hat, auch wenn sie jetzt wieder ernst wird und sagt: »Manchmal muss ich wohl daran erinnert werden, dass es uns doch im Grunde richtig gut geht. Immerhin haben wir alles, was wir brauchen.«

Nora kaut den letzten Rest von ihrem Hörnchen. »Und jetzt können wir wieder nach Hause fahren?«

Mama nickt. »Jetzt fahren wir nach Hause. Und morgen feiern wir Weihnachten.«

Blauer Spätburgunder

Lesezeit: ca. 4 Minuten

Kaspar Neuhaus, Thomas Batic und Philipp Brückner verband einiges, wie sie im Laufe einer Sitzung der Arbeitsgemeinschaft Christlicher Kirchen ihrer Stadt festgestellt hatten – zuerst einmal ihr christlicher Glaube, dann ihre Anstellung als Jugendreferent oder Jugendpastor, je nachdem wie die Position in den drei kirchlichen Organisationen genannt wurde. Und nicht zuletzt vereinte sie die Überzeugung, dass die etablierten Kirchen durchaus ein bisschen lockerer sein könnten. Manchmal fehlte einfach der Spaß.

Nach besagter Sitzung der ACK beschlossen sie, sich regelmäßig zu treffen, natürlich ohne Tagesordnung und mit dem Ziel, sich gegenseitig zu mehr Spaß in ihrer Arbeit zu verhelfen. So hatte sich ein monatliches Treffen entwickelt, das immer bei Kaspar Neuhaus stattfand. Dort war man ungestört, zumal Kaspar berufs- und überzeugungsbedingt in zölibatären Strukturen lebte.

Philipp Brückner machte gerade die zweite Flasche blauen Spätburgunder auf – einen Wein, der ihnen aus Studentenzeiten bekannt war und immer noch zu einem durchaus günstigen Preis zu bekommen war. Die Stimmung war gut, und so entstand die Idee, am diesjährigen Heiligen Abend die

Wohnungssuche von Josef und seiner hochschwangeren Maria mal live zu gestalten, nicht in einer Kirche, denn das wäre viel zu konventionell. Schließlich wollten sich die drei nicht zu einem weiteren Krippenspiel herablassen. Nein, es müsste schon echt wirken und sollte daher in eine der städtischen Notschlafstellen verlegt werden. Weihnachten war in knapp zwei Monaten; es gab also genug Zeit für die Vorbereitung.

Bei der dritten Flasche Spätburgunder konnten die drei dann festlegen, dass Thomas Batic den Josef spielen sollte. Das bot sich an, weil sein Vater aus Kroatien stammte und Thomas somit von seinem Äußeren her die ideale Besetzung war. Auch die Rolle der Maria war logisch, aber nicht ganz so einfach. Philipps Frau Astrid war im siebten Monat schwanger. Das war schon einmal eine gute Voraussetzung. Da sie aber verständlicherweise nicht an der Rotweinrunde teilnahm, lag nun die Last der Verantwortung auf Philipp, der dies mit einem tiefen Schluck zur Kenntnis nahm – und zusagte. Wie er seine Frau bewegen konnte mitzumachen, ist nie herausgekommen.

Die Idee war einfach: Astrid und Thomas würden am frühen Nachmittag des Heiligen Abends die Notschlafstelle an der Bahnhofsallee aufsuchen und sich als gestrandete syrische Flüchtlinge vorstellen. Astrid sollte dann eine Erschöpfungsschwäche spielen, was ihr nicht schwerfiel, weil sie als Deutschlehrerin gerade auch die Theater-Gruppe des Anne-Frank-Gymnasiums übernommen hatte. Wie gesagt: ganz einfach. Denn alles Gute und Großartige ist einfach – wie auch der blaue Spätburgunder des Planungsabends.

Und so kam es, dass sich am 24.12. gegen 14 Uhr ein ärmlich gekleidetes Paar in die Notschlafstelle Bahnhofsallee schleppte. Dass sich wenig später auch zwei junge Männer – ihres Zeichens Jugendpastoren – ebenfalls im Foyer der städtischen Unterkunft herumdrückten, fiel niemandem auf. Das war nicht verwunderlich, weil die junge Syrerin offensichtlich von heftigen Wehen geschüttelt wurde. Das im Umgang mit Flüchtlingen durchaus geschulte Personal wurde nun auch nervös: »Ruf sofort den Notarzt an! Die syrische Frau kriegt ihr Kind!«, rief die erfahrene Sozialarbeiterin Hildegard am Empfangsschalter.

Jetzt begriff Philipp Brückner, der sich dezent im Abseits hielt, dass er einschreiten und seine Frau bitten müsste, ihre Rolle nicht zu intensiv auszuleben. Er schlich sich zu dem schäbigen Stuhl, auf dem sie hing – sie spielte wirklich überzeugend. »Übertreib es nicht. Sonst haben wir gleich den Notarzt hier!«, raunte er ihr zu.

»Ich übertreibe nicht!« schrie sie, »ich habe einen Blasensprung und das Baby kommt!« Sie stöhnte heftig und unter ihrem Stuhl bildete sich eine kleine Pfütze. Philipp Brückner wurde blass, sehr blass sogar.

Dann ging alles sehr schnell. Keiner hätte erwartet, dass am Heiligen Abend ein Rettungswagen so schnell da sein würde. Vornweg betrat Dr. Bernd Bechtem mit eiligem Schritt die kleine Halle der Notschlafstelle. Hildegard hatte inzwischen das Kommando übernommen; sie kannte sich aus. »Wir haben hier eine syrische Flüchtlingsfrau, die einen Blasensprung hat. Kommen Sie!« Sie dirigierte den Notarzt und einen weiteren

Sanitäter zu Astrid, die nach wie vor ihre Rolle sehr realistisch spielte.

Dr. Bechtem war seit 25 Jahren Notarzt. Er überblickte die Situation sofort und stellte etwas erstaunt fest: »Schnell! Es wird nicht mehr lange dauern! Nur – diese Frau ist nicht aus Syrien. Das ist doch Astrid Brückner, die Frau unseres Jugendpastors aus der Freien evangelischen Gemeinde Mozartstraße!«

Nun wäre alles rasch, professionell und relativ diskret abgelaufen, wenn nicht zeitgleich mit dem Notarzt auch ein kleines Fernsehteam des WDR das Foyer betreten hätte. Sie wollten »Stimmungen zu Weihnachten« einfangen, waren intuitiv dem Notarzt gefolgt und hatten – da sie ebenfalls Profis waren – die Situation sehr schnell erfasst und ihre Kameras im Einsatz, um die weihnachtliche Notgeburt optimal ins Bild zu setzen.

Es waren dann sehr bewegte und bewegende Bilder einer jungen Mutter und drei sehr blasser Männer, von denen gar nicht so klar war, wer eigentlich nun zu wem gehörte. All das erschien in der »Lokalzeit« des WDR zur besten Sendezeit zwischen Christvesper und Bescherung.

Diese Sendung wiederum führte sehr schnell zu heftigen Telefonkontakten in der städtischen ACK, deren drei Vorstandsmitglieder sich spontan – wenn auch ein wenig ärgerlich – entschlossen, der jungen Mutter im St-Elisabeth-Hospital einen Besuch abzustatten und die herzlichsten weihnachtlichen Grüße der verschiedenen Kirchen zu überbringen; wenn nicht zu Weihnachten, wann dann?

Dort trafen sie auch drei ihnen bekannte Jugendpastoren, die immer noch sehr blass waren und denen sie – jeder für seine Fraktion – zuraunten: »Darüber sprechen wir noch!«

Und wen wundert es – auch das kleine Fernsehteam des WDR war noch da.

Heiligabend war fast vorbei. Aber immer noch saßen drei gestresste Jugendpastoren in der kleinen Dienstwohnung von Kaspar Neuhaus. Aufgrund ihres schlechten Gewissens hatten sie bereits jetzt die Fastenzeit eingeläutet. Es gab keinen Spätburgunder, nur Früchtetee.

Es war nicht mehr festzustellen, wer die Idee hatte, noch einmal Nachrichten zu schauen. Vielleicht gab es ja noch viel größere Krisen an diesem Heiligen Abend. Aber inzwischen berichteten auch die Tagesthemen über die weihnachtliche Geburt und das ganze Spektakel und brachten zum Schluss noch ein kurzes Interview mit dem Sprecher der städtischen ACK. Der erklärte sehr schuldbewusst, dass man die Jugendreferenten der Gemeinden beauftragt habe, eine Aktion zu machen, die die Flüchtlingssituation von Maria und Josef ins 21. Jahrhundert übersetzen könnte. Man habe natürlich nicht ahnen können, wie realistisch das würde. »Aber«, so schloss der ACK-Vorsitzende, »wir haben die Jugendpastoren gebeten, weiterhin Aktionen in der Stadt zu planen, die die Wirklichkeit des Evangeliums plastisch vor Augen führen.«

Drei Augenpaare trafen sich in sprachlosem Staunen. Drei Männer schwiegen für eine Sekunde und brachen dann in schallendes Gelächter aus. Und eine letzte Flasche blauer Spätburgunder tauchte irgendwie auch noch auf.

Seitdem veranstalten die Jugendpastoren der Stadt regelmäßig interessante Events mit zunehmender Besucherzahl, in denen sie deutlich machen, dass die christliche Botschaft wirklich aktuell ist.

Im Dezember gibt es erstaunlicherweise keine solche Veranstaltung. Aber da passiert ja eh genug.

Umtausch

Lesezeit: ca. 4 Minuten

Wie jedes Jahr sitze ich an der speziellen Umtauschkasse, die unser Kaufhaus immer nach Weihnachten einrichtet. Es ist noch früh am Tag und dementsprechend ruhig; die meisten Leute haben frei und schlafen aus. Später werden sie mich mit ihren Anliegen belagern. Jetzt gerade ist aber nur ein einziger Kunde da.

»Guten Tag«, sagt der Mann höflich, »ich würde gern Weihnachten umtauschen.«

Weil er nicht besonders laut gesprochen hat, glaube ich zunächst, ich hätte mich verhört oder er sich etwas ungeschickt ausgedrückt. »Was genau möchten Sie bitte umtauschen?«

»Das Weihnachtsfest«, erwidert er. Ich betrachte ihn genauer. Er trägt einen ordentlichen Mantel, ist frisch rasiert und riecht nicht nach Alkohol. Er macht weder einen durchgeknallten Eindruck noch wirkt er wie einer dieser unangenehmen Zeitgenossen, die erst auf humorvoll machen, um im nächsten Moment eine Riesenwelle zu schlagen, weil in der Bedienungsanleitung für ihre Kaffeemaschine ein Druckfehler ist. Nein, dieser Mann wirkt einfach nur sehr bedrückt.

»Sie möchten das Weihnachtsfest umtauschen«, wiederhole ich vorsichtig. »Wieso denn das?«

»Ich bin nicht zufrieden«, antwortet er und weist auf das große Plakat über meiner Kasse, auf dem unser Kaufhaus versichert: *Wir möchten, dass Sie mit Weihnachten zufrieden sind.* Eigentlich versteht ja jeder, dass sich das nur die Werbeabteilung ausgedacht hat, damit die Leute ihre Geschenke bei uns kaufen. Aber er hat das wohl wörtlich genommen.

Irgendetwas bewegt mich dazu, ihn nicht direkt mit einem nichtssagenden Spruch weiterzuschicken. »Womit genau sind Sie denn nicht zufrieden?«

»Ich habe inzwischen verschiedene Varianten getestet«, erklärt er mir. »Früher, zu Hause, da gab es immer ein ›Fest der Familie‹. Aber je mehr Familie dabei war, desto mehr wurde auch gestritten. Das war nicht schön. Deshalb bin ich dann, als ich erwachsen war, auf ›Weihnachtsverweigerung‹ umgeschwenkt und bin über die Feiertage verreist. Aber so richtig entkommen bin ich nicht. Dann habe ich meine Frau kennengelernt. Die wollte mit mir auf ›Gemütlichkeit‹ machen – einschließlich Christmette mit Fackeln und Feiern in einer Berghütte. Aber stattdessen haben wir nur gefroren und uns gezankt, weil das Essen angebrannt ist. Ganz chaotisch war es in dem Jahr, als wir Heiligabend im Obdachlosenasyl begehen wollten – die Leute waren total misstrauisch und haben sich gar nicht richtig gefreut. Und jetzt praktizieren wir gerade die teure Art, Weihnachten zu feiern, mit adventlicher Außenbeleuchtung und edlen Geschenken und Gänsebraten vom Catering-Service, aber die Kinder sind quengelig, und meine Schwiegereltern haben an allem was auszusetzen.

Was soll ich sagen? Ich bin mit keiner Version so richtig zufrieden.«

»Was haben Sie sich denn stattdessen vorgestellt?«, will ich wissen.

»Ich hätte gern ein Fest, das Sinn macht«, sagt er. »Ein Fest, bei dem es nicht nur um Geschenke geht.« Er lacht mit einer Spur Bitterkeit. »Jetzt halten Sie mich bestimmt für bescheuert.«

Ich schüttle den Kopf. »Ich glaube, ich weiß, was Sie meinen. Sie sind wohl nicht der Einzige, dem es so geht.«

»Trotzdem bin ich bei Ihnen vermutlich an der falschen Adresse.«

»Das kommt darauf an«, sage ich. »Vielleicht habe ich Ihnen was anzubieten. Allerdings ist es mit etwas Aufwand verbunden.«

Er atmet tief durch. »Das ist schon in Ordnung. Es darf auch ruhig etwas kosten. Wenn ich nächstes Jahr dadurch ein besseres Weihnachtsfest habe, dann ist es mir das wert.«

»Ich meine nicht nur Geld damit!«, warne ich ihn. »Es erfordert auch Zeit und Einsatz. Aber jetzt nach den Feiertagen ist vielleicht der optimale Zeitpunkt, um damit anzufangen.«

»Das klingt ja sehr langfristig«, meint er mit skeptischem Gesicht.

»Das hat Sinnsuche vielleicht so an sich«, erwidere ich.

Er nickt. »Gut, dann schießen Sie mal los.«

Ich schreibe eine Adresse auf einen Zettel. »Es handelt sich um eine kleine Kirchengemeinde, draußen im Vorort. Die brauchen ganz dringend jemanden, der sich um die Organisation des Kindergottesdienstes kümmert.«

Jetzt guckt er mich sehr kritisch an. »Hören Sie mal, das hat erstens überhaupt nichts mit Weihnachten zu tun, zweitens …«

»Hören Sie mich erst mal an«, unterbreche ich ihn. »Sie werden schon sehen, was das miteinander zu tun hat. Mein Vorschlag ist: Sie gehen mit Ihrer Familie in den nächsten Wochen dort zum Gottesdienst und lernen die Menschen kennen. Es gibt dort mehrere junge Familien, die sehr engagiert sind. Sprechen Sie mit denen über die Aufgaben in der Gemeinde.«

Er runzelt die Stirn. »Aber ich hatte nie etwas mit Kirche oder Glauben am Hut! Ich will doch nur vernünftig Weihnachten feiern!«

Ich halte seinem vorwurfsvollen Blick stand. »Vielleicht ist das ja das Problem? Denn ohne Glauben und christliche Gemeinschaft ist Weihnachten nur eine leere Hülle. Da können Sie im Prinzip feiern, was Sie wollen.«

»Ist das Ihr Ernst?« Er sieht ein bisschen erschrocken aus.

»Allerdings! Was geht uns die Geburt eines Kindes an, das nichts weiter ist als eine Person, die vor 2000 Jahren lebte? Wieso der Aufwand, wenn der Mann, der aus diesem Kind wurde, für unser Leben keine weitergehende Bedeutung hat?«

»Hm«, macht er und kratzt sich am Kinn. Ich merke, er ist noch nicht überzeugt. »Bisher bin ich ganz gut ohne diesen ganzen frommen Krempel ausgekommen.«

»Und wieso sind Sie jetzt hier und wollen Ihr Weihnachtsfest eintauschen?«

»Da ist was dran«, muss er zugeben. »Aber wenn ich das letztlich nicht glauben kann? Dann bin ich sicher auch nicht der Richtige für den Kindergottesdienst.«

»Deswegen ist das ja ein längerfristiges Projekt«, entgegne ich. »Nehmen Sie sich die Zeit! Hören Sie sich die Predigten an, lernen Sie die Leute dort kennen, schauen Sie mal im Bibelkreis vorbei. Stellen Sie Ihre Fragen. Geben Sie dem Mann eine Chance, dessen Geburt wir an Weihnachten feiern. Ich garantiere Ihnen, wenn das klappt, wird Ihr nächstes Weihnachten ganz anders sein.«

Etwas zögerlich greift er nach dem Zettel. »Na ja, wenn Sie meinen ...« Er nickt noch einmal und geht davon.

Ich schaue ihm nachdenklich hinterher. Keine Ahnung, ob er das wirklich tun wird. Aber etwas anderes kann ich ihm nicht anbieten.

Der nächste Kunde kommt und legt eine Schachtel auf den Tresen. »Ich möchte diese Uhr umtauschen. Die gefällt mir nicht.«

Ich nicke und greife nach dem Kassenbon. Wenn doch alles so einfach wäre.

Holz und Vorurteil

Lesezeit: ca. 9 Minuten

Als ich das Ferienhäuschen von Frau Schnitter für ganze drei Monate mietete, war sie fast ekstatisch. Die Saison dauerte in dieser Gegend normalerweise maximal von Mai bis Oktober. Deshalb bedeutete es für sie eine unerwartete Einnahmequelle, dass ich ihr Häuschen bis Ende Januar bewohnen wollte. Eilfertig zeigte sie mir alles bis ins Detail und versuchte nebenbei, auch über mich möglichst viel zu erfahren. »Und Sie wollen hier ganz allein wohnen? Oder kommt Ihr Mann nach?«

»Ich bin alleinstehend, Frau Schnitter«, erklärte ich. »Aber keine Sorge, ich bin es gewohnt, allein zurechtzukommen.«

»Hm«, brummte sie, nicht völlig überzeugt. »Aber über die Feiertage fahren Sie doch gewiss zu Ihrer Familie?«

Ich schüttelte den Kopf. »Nein, ich will ja arbeiten. Ich schreibe einen Roman über die alte Abtei im Rodenforst, da möchte ich natürlich möglichst nah dran sein.« Ich warf einen Blick auf die alten Fotos, mit denen sie das Treppenhaus dekoriert hatte, aber die Abtei war darauf leider nicht zu sehen. »Sie kennen nicht zufällig jemanden, der mehr darüber weiß?«

»Die Abtei?« Sie zog nachdenklich die Augenbrauen hoch. »Tja, unser alter Herr Pfarrer, der hätte Ihnen dazu was sagen können, aber der ist ja nicht mehr hier.«

»Schade«, sagte ich. »Wenn Ihnen sonst jemand einfällt ...? Und wenn Sie jemanden kennen, der für mich Brennholz hacken kann, wäre das auch gut. Ich würde gern den Kamin nutzen.«

»Da finde ich bestimmt jemanden in der Gemeinde«, meinte sie zuversichtlich. »Ich gebe Ihnen Bescheid.«

»Vielen Dank«, sagte ich und griff nach dem Schlüsselbund, den sie schon eine Weile in der Hand hielt. »Ich will nur noch schnell zum Einkaufen fahren, dann geht es an die Arbeit.«

»Tja, dann alles Gute und herzlich willkommen«, sagte sie. Aus ihrem Blick sprach ein gewisses Mitleid mit der armen Frau, die hier allein den Winter verbringen würde. Aber letztlich war ihr vermutlich die Miete wichtiger.

Immerhin hielt sie Wort, denn nach ein paar Tagen klopfte es an der Tür. Ich öffnete und fand einen kräftigen Mann vor mir, mit einer Wollmütze auf dem Kopf und einem dicken Parka. »Frau Schnitter hat mir gesagt, ich sollte mal vorbeikommen.«

»Hervorragend!«, sagte ich. »Dann kommen Sie gleich mal mit.« Ich führte ihn zum Schuppen und zeigte ihm die Holzvorräte. »Das müsste alles gespalten werden, denn ab übermorgen ist Frost angesagt, und ich möchte den Kamin stochen.«

Der Mann schaute sich für einen Moment nachdenklich das Holz an und dann wieder mich. Schließlich nickte er und sagte: »Haben Sie eine Spaltaxt?«

»Im Schuppen ist alles, was Sie brauchen«, erklärte ich. »So, ich muss dann mal wieder an die Arbeit.«

»Ich ja wohl auch«, sagte er und zog sich den Parka aus. Er hatte breite Schultern und kräftige Oberarme. Er würde das schon hinkriegen.

Ich kehrte an meinen Computer zurück und konzentrierte mich auf die Szene, in der der alte Abt die Pläne des hinterlistigen Kammerherren durchschaut. Hinter dem Haus hörte ich die Schläge, mit denen Frau Schnitters Handlanger mein Holz klein machte.

Nach einer Weile hatte ich Lust auf einen Tee. Ich setzte Wasser auf und holte die Kekspackung aus dem Schrank, die ich am Vortag gekauft hatte. Beim Schuppen war der Mann immer noch fleißig bei der Arbeit. Spontan öffnete ich das Küchenfenster und rief: »Zeit für eine Pause!«

»Gute Idee!«, meinte er und legte das Beil beiseite.

Einen Moment lang fragte ich mich, ob das eine so gute Idee war – einen völlig Fremden in meine Küche zu bitten, den ich gar nicht kannte? Der Typ war so groß, der hätte mich ohne Probleme überwältigen können. Aber er war sehr höflich, zog sich freiwillig die Stiefel aus und wusch sich die Hände, bevor er sich an den Tisch setzte.

»Ich hab mich gar nicht vorgestellt«, sagte er. »Ich bin Christoph Salewski.«

»Katrin Godeke.« Ich schenkte ihm Tee ein und schob ihm die Kekse rüber. »Greifen Sie zu! Wer arbeitet, soll auch essen.«

Das ließ er sich nicht zweimal sagen. Zwei Tassen Tee und ein Dutzend Kekse waren im Nu vertilgt. »Sie schreiben ein Buch über die alte Abtei?«, wollte er kauend wissen.

»Einen historischen Roman. Sind Sie mit der Geschichte der Abtei vertraut?«

»Nein, ich hab nur mal davon gehört. Worum geht es denn in Ihrem Roman?«

Ich schilderte ihm die Handlung, soweit ich sie entworfen hatte.

»Klingt interessant«, sagte er. »Das würde ich gern lesen, wenn es fertig ist.« Er stand auf. »So, ich mache noch eine Viertelstunde, dann muss ich leider los.«

»Vielen Dank für Ihre Hilfe«, bedankte ich mich und gab ihm dreißig Euro in der Hoffnung, das sei eine angemessene Bezahlung. »Haben Sie ein Handy? Vielleicht kann ich Bescheid sagen, wenn ich Ihre Hilfe wieder brauche.«

Er nickte und gab mir seine Nummer. Und so rief ich ihn in den folgenden Wochen mehrmals an, wenn mein Holzvorrat zur Neige ging. Meistens kam er kurzfristig, nur einmal verschob er den Termin mit dem Hinweis, es sei Tafel-Tag bei der Sozialstation. Das machte mir richtige Gewissensbisse. Vielleicht war er ärmer, als ich dachte? Beim nächsten Mal gab ich ihm deshalb vierzig Euro und machte ein warmes Essen statt des üblichen Tees. »Haben Sie eigentlich Familie hier?«, fragte ich in dem Versuch, mich vorsichtig an seine Lebensumstände heranzutasten.

Er schüttelte den Kopf. »Nein, ich lebe genauso allein wie Sie.«

»Und wie hat es Sie ausgerechnet hierher verschlagen? Das ist ja schon eine tote Gegend, vor allem zu dieser Jahreszeit.

Würde ich nicht dieses Buch schreiben, wäre ich nie auf die Idee gekommen, hier eine Zeit lang zu wohnen.«

Er setzte ein rätselhaftes Lächeln auf. »Ich glaube, Gott wollte, dass ich hier bin.«

»Gott?«, wiederholte ich erschrocken. Du liebe Güte, das war doch hoffentlich nicht einer von diesen merkwürdigen Spinnern, die Stimmen hören und plötzlich den Drang verspüren, sonderbare Dinge zu tun.

»Richtig, Gott. Ich dachte, vielleicht sind Sie auch ein gläubiger Mensch, wenn Sie Bücher über Klöster und solche Dinge schreiben?«

Ich verzog das Gesicht. »Ach, wissen Sie, ich halte nicht so viel von Religion.«

»Schade«, meinte er und stand auf. »Vielleicht können wir uns ein anderes Mal ausführlicher darüber unterhalten, jetzt muss ich leider zu einer Beerdigung.«

»Ich dachte, Sie haben hier keine Familie?«, fragte ich überrascht.

Er schüttelte den Kopf, während er sich die Schuhe anzog. »Nein, das ist eher ein Job. Deshalb muss ich auch pünktlich da sein.«

»Natürlich«, sagte ich. »Lassen Sie sich nicht aufhalten.« Vermutlich verdiente er sich als Sargträger etwas dazu. Ich kannte in meiner Nachbarschaft auch jemanden, der das tat.

»Ach ja«, meinte er und zog sich seinen dicken Parka an. »Wahrscheinlich ist es wieder eiskalt in der Kapelle – und bei Ihnen ist es so gemütlich.«

»Das hat ja auch mit dem Holz zu tun, das Sie mir klein machen.«

»Das mache ich gern«, versicherte er. »Ich hab immer gern mit Holz gearbeitet. Sagen Sie Bescheid, wenn Sie wieder was brauchen.«

Natürlich rief ich ihn wieder an. Inzwischen fühlte ich mich ein wenig verantwortlich für ihn und war froh, dass ich etwas zu seinem Auskommen beisteuern konnte. Und es war nett, sich mit ihm zu unterhalten. Ich hatte keine Ahnung, weshalb er in so prekäre Lebensumstände geraten war, dass er sich mit diesen Gelegenheitsjobs über Wasser halten musste. Er hatte offensichtlich viel gelesen, war umgänglich und zuverlässig. Aber ich wusste schließlich, dass es viele Gründe dafür geben kann, dass jemand im Leben aus dem Tritt gerät, und die Begegnungen mit ihm waren mir zu wichtig geworden. Ich wollte nicht riskieren, ihn durch zu intensives Nachfragen oder ungebetene Ratschläge zu vergraulen.

Weihnachten nahte mit Riesenschritten. »Was machen Sie denn über die Feiertage?«, fragte er mich.

Ich zuckte mit den Schultern. »Mal sehen. Arbeiten, vermutlich.«

»Möchten Sie einen Weihnachtsbaum aufstellen? Ich soll übermorgen im Wald von Frau Schnitters Schwager welche für die Kirche schlagen. Kommen Sie einfach mit und suchen Sie sich auch einen aus.«

Ich war nicht so sicher, ob ich das wollte. Aber vielleicht war es für ihn wichtig. »Werden Sie auch einen haben? Ich habe den Eindruck, dass das für Sie von großer Bedeutung ist.«

»Der Weihnachtsbaum ist nicht das Entscheidende«, meinte er. »Worauf es bei Weihnachten ankommt, ist Gottes Erscheinen in dieser Welt. Alles andere ist nur buntes Drumherum.«

»Das können Sie wirklich glauben?«

»Woran machen Sie denn ihr Leben fest?«, konterte er mit einer Gegenfrage, die für mich schwer zu beantworten war. »Woran glauben Sie?«

Ich brauchte eine ganze Weile, um diese Frage zu beantworten. »Ich kann mir jedenfalls nicht vorstellen, dass sich irgendwo im Himmel ein Gott befindet, der sich für mich persönlich interessiert. Klar, ich habe keine Erklärung dafür, wie dieses Universum entstanden ist, insofern mag es da ein höheres Wesen geben. Aber ich bin bisher immer ganz gut zurechtgekommen, ohne irgendwen anzubeten, damit es mir gut geht.«

»Hm«, machte er. Dann war eine ganze Weile Pause, in der wir schweigend unsere Brötchen kauten.

»Ich wollte damit Ihre religiösen Gefühle nicht verletzen«, sagte ich schließlich, als ich es nicht länger aushielt.

Daraufhin lachte er laut auf. »Katrin, da müssen Sie schon schwereres Geschütz auffahren, wenn Sie das wollen. So leicht lasse ich mich nicht aus der Fassung bringen.«

»Dann bin ich ja beruhigt«, erwiderte ich. »Wissen Sie, ich hätte erwartet, dass gerade Sie an einem Gott zweifeln würden.«

»Wieso gerade ich?«, wollte er wissen.

»Na ja, ich hatte den Eindruck, dass es Ihnen nicht unbedingt gut geht. Sie leben hier ganz allein und müssen sich mit

Gelegenheitsjobs über Wasser halten ... Das ist doch bestimmt nicht das, was Sie sich für Ihr Leben vorgestellt hatten.«

Ich hatte fast den Eindruck, als ob seine Mundwinkel zuckten. Er würde doch hoffentlich nicht in Tränen ausbrechen? Aber dann sagte er ganz ruhig: »Nein, Sie haben recht. So hatte ich mir mein Leben nicht vorgestellt. Aber Sie würden sich wundern, wenn Sie sehen könnten, wie Gott mich trotz alledem versorgt.«

Jetzt war ich es, die etwas verlegen ein »Hm« murmelte, und ich lenkte das Gespräch rasch in eine andere Richtung.

Natürlich kam ich mit, um einen Baum auszusuchen, und wir hatten trotz der Kälte einen richtig lustigen Nachmittag, den wir bei mir mit einem Tee abschlossen. Seitdem duzten wir uns auch. Denn wer so lange miteinander durch dunkle Wälder gestapft ist, legt keinen Wert mehr auf Förmlichkeit. Nachdem ich einen Weihnachtsbaum hatte, brauchte ich konsequenterweise auch Baumschmuck, den ich mir nach einer Anleitung aus dem Internet bastelte. Und weil es auf derselben Seite sogar Rezepte für Weihnachtsplätzchen gab, ließ ich mich tatsächlich dazu hinreißen, welche zu backen.

»Super«, freute sich Christoph, als er zum nächsten Mal vorbeikam. »Die sind wirklich lecker!«

»Ich glaube, ich habe seit zehn Jahren nicht mehr so viel Weihnachtliches getan«, sagte ich amüsiert.

»Dann könntest du das Ganze noch toppen, indem du am Heiligabend zur Christvesper kommst«, schlug er vor.

Ich schluckte ein wenig. Jetzt wollte er mich auch noch in den Gottesdienst schleppen?

»Wirst du auch da sein?«

»Auf jeden Fall«, versicherte er fröhlich. »Die verpasse ich nie. Um siebzehn Uhr fängt es an.«

Ich wand mich innerlich noch eine Weile, aber ich hatte einfach keine Ausrede. »Na gut. Dann kommst du aber hinterher zum Essen mit zu mir, falls du keine andere Einladung hast.«

Jetzt grinste er breit. »Habe ich nicht. Das mache ich gerne.«

So kam es, dass ich am Heiligabend um kurz vor fünf frierend an der Kirche ankam. Als Erstes begegnete mir Frau Schnitter, die am Eingang stand und Liedblätter verteilte. »Das ist aber schön, dass Sie auch hier sind!«, rief sie begeistert. »Setzen Sie sich da vorne hin, da haben Sie einen guten Blick auf die Kanzel.«

Ich gehorchte, auch wenn ich zu dem Zeitpunkt noch keine Ahnung hatte, wieso das von Vorteil sein könnte. Erst als die Orgel zum Eingangsstück ansetzte und sich die Tür zur Sakristei öffnete, fiel ich vor Überraschung fast von meinem Platz am Ende der Bank.

Vielleicht hätte jeder andere es längst kommen sehen, ich jedoch hatte keine Ahnung, dass der Pastor dieser Gemeinde niemand anderes war als Christoph Salewski. Kein Wunder, dass er tagsüber so flexibel gewesen war. Aber wieso hatte er mich die ganze Zeit glauben lassen, er sei ein arbeitsloser Unglückswurm? Ich hatte zwei Lieder und einige Lesungen lang Zeit, darüber nachzudenken, bevor er auf die Kanzel stieg.

»Der Predigttext für heute steht im Johannesevangelium, Kapitel eins«, begann er. »Er ist das Licht, durch das die Welt gemacht wurde. Er kam in diese Welt, aber die Welt hat ihn nicht erkannt.«

Das kam mir doch bekannt vor. Denn mir war es ja genauso ergangen. Wochenlang hatte er mich besucht, aber ich hatte in ihm nur den armen Holzfäller gesehen und nicht erkannt, wer er wirklich war.

Am Ende des Gottesdienstes stand Christoph in seinem schwarzen Talar an der Tür und verabschiedete sich von jedem Besucher persönlich. Ich zögerte bis zum Schluss, aber irgendwann musste ich dann doch bei ihm vorbei. Er lachte, als er mein betretenes Gesicht sah. »Fröhliche Weihnachten, Katrin!«

»Du hättest mich ruhig mal aufklären können!«, sagte ich mit leisem Vorwurf.

»Und dann hättest du mich nie wieder angerufen.«

Vermutlich war das so. Es wäre mir superpeinlich gewesen zu erkennen, dass ich den Dorfpfarrer mein Holz hacken ließ, und ich wäre ihm danach möglichst aus dem Weg gegangen. Diesen Instinkt hatte ich immer noch, aber er hielt meine Hand fest.

Er schaute sich um. »Ich denke, wir können gehen. Deine Einladung steht doch noch, oder?«

Ich nickte. »Meine Einladung steht.«

Das Essen war vorbereitet. Genug Stoff zum Reden hatten wir auf jeden Fall. Denn vielleicht hatte ich in diesen Wochen selbst eine ganz neue Einladung bekommen. Gemeinsam machten wir uns auf den Weg.

Geheime Zutaten

Lesezeit: ca. 5 Minuten

Die alljährliche Senioren-Weihnachtsfeier war vorüber. Wie üblich waren Anni, Sibylle und Hilde mit dem Spülen dran. Sie hatten das schmutzige Geschirr bereits entsprechend zusammengeräumt sowie einen Stapel Geschirrtücher bereitgelegt.

»Na, wie werdet ihr Weihnachten verbringen?«, fragte Sibylle ihre beiden Mitstreiterinnen, während sie ein Dutzend Tassen in das heiße Spülwasser gleiten ließ. »Ich habe wieder die ganze Familie im Haus. Ich freue mich schon total darauf. Das wird zwar unruhig, aber richtig schön.«

»Wir fahren wie jedes Jahr zu Matthias und seiner Familie«, antwortete Hilde. »Die Enkelkinder erwarten einfach, dass Oma und Opa zu Besuch kommen.«

»Und Frank und ich bekommen am ersten Feiertag Besuch von Christopher und seiner Frau«, sagte Anni und griff nach einer Untertasse, um sie abzutrocknen.

»Oh«, sagte Hilde. »Ich weiß noch, dass du letztes Jahr erzählt hast, dass du mit ihr nicht so gut auskommst.«

»Das war letztes Jahr«, gab Anni mit einem feinen Lächeln zurück. »Jetzt ist das ein bisschen anders.«

»Erzähl!«, forderte Sibylle. »Da steckt doch bestimmt viel mehr dahinter.«

Anni lachte. »Allerdings. Und du warst daran nicht unbeteiligt. Erinnerst du dich noch, wie ich mich über Eva beschwert habe?«

»Natürlich«, gab Sibylle zurück. »Sie hat dich ständig genervt mit ihren Fragen zu irgendwelchen Haushaltstipps.«

»Es war eine Plage«, bestätigte Anni. »Einerseits hatte ich immer den Eindruck, sie will gar nicht zu Besuch kommen, aber wenn, dann kam sie mit diesen Fragen um die Ecke. Ständig wollte sie wissen, wie ich irgendetwas mache. Gibt es einen Trick, wie man Kragen von Polohemden bügelt oder Spannbettlaken faltet? Was mache ich, damit es im Kühlschrank nicht stinkt?«

»Ha!«, rief Hilde. »Man macht ihn einfach regelmäßig sauber, das ist alles.«

»Natürlich«, nickte Anni. »Aber sie dachte immer, ich hätte noch ein Geheimrezept in petto, das ich ihr nicht verraten will. Vor allem mein Spritzgebäck hatte es ihr angetan. ›Was tust du da rein?‹, wollte sie ständig wissen. ›Das ist das beste Spritzgebäck, das ich je gegessen habe.‹ Dabei ist das wirklich ein absolutes Standardrezept aus dem Schulkochbuch. Das backe ich schon seit dreißig Jahren so. Aber sie wollte es einfach nicht glauben.«

Sibylle sah sie an. »Und wo komme ich ins Spiel?«

»Du hast damals gesagt: ›Was meinst du, warum macht sie das?‹ Und ich habe beschlossen, darüber noch nachzudenken.«

»Jetzt bin ich aber gespannt«, sagte Sibylle und griff nach den nächsten Tassen.

»Zuerst habe ich angefangen, für sie zu beten«, berichtete Anni. »Und wisst ihr, dann beschäftigt man sich automatisch mehr mit der Person. Sie ist Personalverantwortliche in einer großen Firma und dort wohl auch ganz erfolgreich. Aber mir wurde klar, dass sie da bestimmt auch einiges machen muss, was den Leuten nicht so gefällt. Vielleicht hat sie wenig Möglichkeiten, dort engere Freundschaften zu schließen, und weil sie ja mit Christopher nach Darmstadt gezogen ist, kennt sie auch privat kaum jemanden. Ich vermute, dass sie sonst keinen hat, den sie nach solchen Sachen fragen kann.«

»Kann sein«, meinte Hilde. Sie nahm einen Stapel Untertassen und stellte ihn in den Schrank zurück. »Aber was hat das mit deinem Spritzgebäck zu tun?«

»Kommt noch!«, gab Anni zurück. »Ich habe also mit Jesus über sie gesprochen und ihn gebeten, mir klarzumachen, wie sich unser Verhältnis verbessern kann. Und da hat er mir etwas gezeigt, was mich wirklich ins Nachdenken gebracht hat. Am selben Tag bin ich nämlich bei der Bibellese auf die Geschichte gestoßen, wo Maria die Elisabeth besucht.«

»Oh, ist es so weit?«, wollte Hilde wissen. »Die waren doch beide schwanger. Kriegt Eva auch ein Kind?«

»Nein, davon weiß ich jedenfalls nichts. Aber ich dachte plötzlich: Vielleicht sucht sie eine Vertraute? Jemanden, mit dem sie die Dinge besprechen kann, bei denen sie sich unsicher ist? Tja, da habe ich ihr halt den Gefallen getan.«

»Was hast du getan?«, fragte Sibylle verwirrt.

»Ihr erzählt, ich würde immer erst den Vanillinzucker aus dem Tütchen in eine Tasse schütten, bevor ich ihn in den Teig einrühre«, gestand Anni und beugte sich über den Teller, den sie gerade trocken rieb.

Hilde krauste die Stirn. »Warum machst du das denn? Was soll das bringen?«

»Verstehst du denn nicht?«, fragte Sibylle. »Sie macht das gar nicht wirklich, sie hat das nur Eva erzählt.«

»Ach so«, sagte Hilde. »Ja, und dann?«

»Sie hat sich bedankt und gemeint, deshalb könnte sich bestimmt das Vanillearoma intensiver entfalten«, berichtete Anni. »Und zwei Tage später rief sie mich ganz begeistert an und meinte, jetzt wäre ihr tatsächlich das Spritzgebäck viel besser gelungen. Wir hatten so ein nettes Gespräch, wisst ihr. Sie war richtig locker und lustig, das war schön. Und deshalb habe ich es wieder getan, als sie mich darauf ansprach, wie ich denn einen Rinderbraten mache.«

»Was hast du wieder getan?«, wollte Hilde wissen.

»Ich habe ihre Frage beantwortet. Ich hab ihr gesagt, ich massiere das Fleisch immer erst für fünf Minuten, bevor ich es in den Topf lege.«

»Lass mich raten«, sagte Sibylle. »Sie hat das auch gemacht und der Rinderbraten ist besser geraten als sonst?«

Anni nickte und griff schweigend zu einem weiteren Teller.

»Und seitdem verrätst du ihr Tricks, die du selbst gar nicht angewendet hast, und bei ihr klappt es?« Sibylle kicherte. »Wie nennt man das? Autosuggestion?«

»Ich würde sagen, man nennt es lügen«, sagte Hilde mit einem strengen Blick auf Anni. »Wie kannst du so etwas tun?«

Anni sah sie etwas gequält an. »Ich hab das doch nur gesagt, weil sie nicht lockerließ! Und glaubt mir: Seitdem ist unser Verhältnis so viel harmonischer. Wir telefonieren viel häufiger als vorher. Ich freue mich schon richtig auf das Weihnachtsfest mit ihr, weil alles so entspannt ist.«

Sibylle sah sie nachdenklich an. »Du hast ihr also nur solche Kleinigkeiten erzählt, die nicht wirklich am Rezept etwas ändern, richtig? Und trotzdem ist sie mit dem Ergebnis zufrieden?«

»Ja!«, versicherte Anni. »Ich weiß auch nicht, woher das kommt. Aber ich werde ihr ganz bestimmt nicht erzählen, dass ich mir das nur ausgedacht habe, damit sie mir nicht mehr auf die Nerven geht. Dann ist sie sauer und Christopher gleich mit und Weihnachten ist verdorben.«

»Trotzdem«, meinte Hilde kopfschüttelnd, »das kann man doch nicht machen. Das ist einfach nicht ehrlich.«

»Aber wenn es die Beziehung zu ihrer Schwiegertochter so entscheidend verbessert hat?«, warf Sibylle ein. »Ist das nicht eine kleine Schwindelei wert, die letzten Endes gar nicht ins Gewicht fällt? Ist das denn so schlimm? Wenn man länger darüber nachdenkt, trifft Eva vielleicht sogar eine gewisse Mitschuld, weil sie so penetrant nachgehakt hat, bis Anni nicht mehr anders konnte.«

»Also wirklich!«, schnaubte Hilde empört. »Du hättest Anwalt werden sollen, so wie du die Sachlage verdrehst! Es ist und bleibt eine Unehrlichkeit, und das finde ich als Christ schon schwierig.«

»Nun sei mal nicht so selbstgerecht!«, versetzte Sibylle ärgerlich. »Als ob du immer alles richtig machen würdest!«

»Hört auf!«, bat Anni. »Ihr müsst euch deswegen nicht streiten. Die Geschichte geht übrigens noch ein bisschen weiter.«

»Dann lass mal hören«, forderte Hilde.

»Ich hatte ja auch deswegen so ein schlechtes Gewissen«, sagte Anni. »Und da dachte ich: Ich probiere es auch mal. Mit dem Vanillinzucker.«

»Du hast den auch vorher in eine Tasse geschüttet?«, fragte Sibylle mit großen Augen.

Anni nickte. »Und ich werde es auch weiterhin tun. Denn ob ihr es glaubt oder nicht – so gut wie dieses Jahr ist mein Spritzgebäck noch nie geworden.«

Jetzt sahen beide Freundinnen sie verblüfft an. »Das gibt's ja nicht!«, rief Sibylle.

»Doch!«, bekräftigte Anni. »Das hat sogar Frank gesagt. Und der kann das ja wohl vergleichen.«

»Das ist doch verrückt«, stieß Hilde hervor. »Du erfindest irgendwas und das stellt sich nachträglich als Verbesserung raus?«

»Da kannst du mal sehen«, lachte Sibylle und stieß ihr spielerisch den Ellbogen in die Rippen. »Und ist das nun eine unverzeihliche Lüge oder eine Supersache, mit der Anni endlich einen Draht zu ihrer Schwiegertochter gefunden hat?«

»Keine Ahnung«, brummte Hilde und gab den Knuff zurück. »Ich weiß nur eins.«

»Und das wäre?«, fragte Sibylle.

Jetzt lachte Hilde. »Wenn wir hier fertig sind, muss ich zu Hause den Braten für morgen Mittag vorbereiten. Den werde ich also mal fünf Minuten massieren.« Sie zwinkerte ihren Freundinnen zu. »Und wehe, wenn er davon nicht besonders gut wird!«

Schätze und Erinnerungen

Lesezeit: ca. 5 Minuten

SIGRID

Mit unserer kleinen Schwester Angelika war es nie einfach. Solange ich denken kann, war sie ein schwieriges Kind, das es sich zum Lebensziel gemacht hatte, grundsätzlich anders zu sein, ganz gleich, worum es ging. Oft fragte ich mich, wo meine Eltern die Geduld hernahmen; meine Geschwister und ich hatten die jedenfalls nicht. Deshalb gab es immer wieder Streit.

Ganz schlimm wurde es vor fünf Jahren, als unsere Mutter starb. Sie hatte schon vorher verfügt, wie ihr Schmuck verteilt werden sollte: Monika bekam die zweireihige Perlenkette, Gabi die goldene Uhr, Arnolds Frau Ingeborg die beiden schweren Armbänder. Ich sollte den Rubinring haben und Geli den mit den Brillanten.

Bestimmt hatte Mutter das getan, um Streit unter uns Geschwistern zu vermeiden, aber leider erreichte sie genau das Gegenteil. Denn als wir uns zusammensetzten und den Schmuckkasten öffneten, fehlte der Brillantring. Jede Frau bekam ihr Erbstück und noch einige weniger wertvolle Teile, nur Gelis Ring war nicht dabei. Wir suchten alles ab: Nachtschränkchen, Wäschekommode, Handtaschen, den Spiegelschrank im Bad. Der Ring blieb verschwunden.

Geli nahm es nicht gut auf. Wieder mal sah sie sich als diejenige, die zu kurz gekommen war, und in diesem Fall hatte sie ja nicht ganz unrecht. Vater, damals noch im Vollbesitz seiner geistigen Kräfte, gab ihr zum Ausgleich zweitausend Euro. Aber danach brach sie den Kontakt zu uns mehr oder weniger ab. Zu seiner Beerdigung erschien sie auf den letzten Drücker, weinte während der gesamten Trauerfeier und verschwand noch vor der Nachfeier im Gemeindehaus wieder.

Sie kam auch nicht, als wir uns trafen, um Vaters Haus auszuräumen. Es war Ende November und überall an den Nachbarhäusern war bereits »auf Advent geflaggt«, wie Gabi es spöttisch beschrieb: Lichterketten an Balkonen und Büschen, blinkende Sterne in den Fenstern. Nur unser Elternhaus lag düster und ungeschmückt dazwischen – mit einem hässlichen Container im Vorgarten.

Es tat mir in der Seele weh, denn Weihnachten war für unsere Eltern immer ein wichtiges Fest gewesen. Ich erinnerte mich an gemeinsame Bastelnachmittage, an die Christmette am Heiligabend und die vielen Plätzchen, die unsere Mutter jedes Jahr mit uns gebacken hatte. Seit ich selbst Kinder habe, weiß ich, dass das ein eher zweifelhaftes Vergnügen ist. Aber sie war immer geduldig und hilfsbereit, wenn wir das mit dem Ausstechen nicht so recht hinbekamen oder wieder mal ein Klumpen Teig auf dem Boden landete.

Deswegen konnte ich auch die alte Blechdose nicht einfach wegschmeißen, in der sich die Ausstechförmchen befanden. Da gab es Herzen und Sterne, Stiefel und Tannenbäume. Darunter meinte ich eine Kladde erkennen zu können, in die meine Mutter über Jahre ihre Rezepte aufgeschrieben hatte. Ein Stück Kindheit.

Wir arbeiteten den ganzen Tag lang mit großer Intensität. Viel Wertvolles war nicht mehr zu verteilen. Gernot nahm die Briefmarkenalben für seinen Nachbarn mit. Monika suchte sich einige Bücher aus, Arnolds Sohn Marvin konnte Sachen aus der Küche gebrauchen. Aber das meiste landete im Container, in Pappkartons für das Sozialkaufhaus oder auf dem stetig wachsenden Sperrmüllstapel an der Straße.

Das Abendessen wurde dominiert von Erinnerungen an unsere Eltern – lustigen wie auch wehmütigen. Es wurde ziemlich spät. Als meine Geschwister sich schließlich verabschiedeten, fühlte ich mich völlig erschöpft, nicht nur körperlich.

Mehrere Wochen schlich ich um meine Blechdose herum, ohne sie zu öffnen. Am vierten Advent fasste ich mir endlich ein Herz und räumte den Inhalt auf den Küchentisch. Wieder erinnerte ich mich an die Ausstech-Orgien meiner Kinderzeit.

Neugierig widmete ich mich der Kladde. In ihrer ordentlichen Schrift hatte meine Mutter hier Zutaten für Rezepte notiert: »Gretes Zimtsterne«, »Schwarz-Weiß-Gebäck« oder »Aalborger Kringel«, an die ich mich überhaupt nicht erinnern konnte. Aber ich konnte beinahe ihr Spritzgebäck schmecken und den schweren Fleischwolf vor mir sehen, sorgfältig an die Tischkante geklemmt, mit dem sie es meterweise durchgedreht hatte.

Der Boden der Dose war bedeckt mit Zeitungsausschnitten, leeren Vanillezuckertütchen und anderen Zetteln, auf denen sich Rezepte befanden. Die würde ich nie brauchen, deshalb warf ich sie rasch weg. Aber ganz unten fand ich noch einen dicken Briefumschlag. Vorne drauf hatte jemand ein Bild mit einem Bibelvers geklebt: »Siehe, ich mache alles neu!«

Vorsichtig machte ich den Umschlag auf und fand als erstes ein altmodisches Taschentuch mit einer aufwendigen Häkelkante. Aber da war noch mehr. Ich drehte den Umschlag um, und Mutters Brillantring rutschte auf die Tischplatte.

Minutenlang saß ich bewegungslos da und starrte auf das Schmuckstück. Wir würden nie erfahren, wieso es sich nicht in ihrem Schmuckkasten befunden hatte, sondern in diesem Umschlag an einem Platz, wo es niemand vermutet hätte. Mir wurde heiß und kalt bei der Vorstellung, dass wir diese Blechdose um ein Haar einfach in den Container geworfen hätten. War das ein Zeichen von Gott?

»Siehe, ich mache alles neu.« Galt das auch für uns? Ich griff zum Telefonhörer, um meine Schwester anzurufen.

ANGELIKA

Das musste ich sagen, Sigrid hatte Nerven! Es war Wochen her, seit Vater gestorben war und sie das Haus ausgeräumt hatten. Und jetzt rief sie an und behauptete, der Ring wäre wieder aufgetaucht? Ich stand zitternd neben dem Anrufbeantworter, aber ich konnte nicht abheben und persönlich mit ihr sprechen, so aufgewühlt war ich.

Dabei war mir der Ring selbst gar nicht so wichtig. Dass er verschwunden war, bildete nur den Höhepunkt meiner jahrelangen Erfahrungen: In dieser Familie würde ich immer die Außenseiterin sein. Als Kind war ich die kleine Doofe, dann die störende Quertreiberin, und aus dem herablassenden »Das kannst du noch nicht« wurde übergangslos ein schockiertes »Du kannst doch nicht …«, egal was ich anfing. Meine Geschwister gingen zielstrebig ihren Weg, machten Karriere, gründeten Familien mit anständigen Gemeindechristen, während ich irgendwie ständig falsch abbog. Selbst nachdem ich endlich sesshaft wurde und einen dauerhaften Job fand, fühlte ich mich ihnen im Vergleich immer unterlegen.

Meine Eltern waren enttäuscht von mir, auch wenn sie sich Mühe gaben, es nicht zu zeigen. Aber ich erinnerte mich noch an den Seufzer, mit dem mein Vater mir das Geld gab, um den Verlust des verschwundenen Brillanten zu kompensieren. Klar, bei uns musste immer alles gerecht zugehen. Aber ich wusste nicht, ob sie jemals auf mich stolz waren. Und jetzt waren beide tot und ich konnte sie nie mehr dazu befragen.

Ein Ton meines Computers zeigte an, dass ich eine Mail bekommen hatte. Na toll, Sigrid gab natürlich so schnell nicht auf. Aber statt eines vorwurfsvollen Textes hatte sie nur ein Bild angehängt und geschrieben: »Hier ist der Ring. Hast du Lust, ihn zu Weihnachten bei uns abzuholen?«

Weihnachten war für unsere Eltern immer ein wichtiges Fest gewesen. Die Adventszeit war angefüllt mit Basteleien, Weihnachtsgeschichten und Plätzchen backen. Ich spürte, wie ich mich zurücksehnte in eine Zeit, die unwiederbringlich vergangen war. Am besten versuchte ich gar nicht mehr, daran zu denken.

Lange zögerte ich, das Bild zu öffnen, aber dann siegte doch die Neugier. Es war ein Foto von Sigrids Küchentisch. Ich sah darauf nicht nur den Brillantring, sondern auch die alten Ausstechförmchen und die Rezept-Kladde. Und noch etwas erkannte ich: das Taschentuch, das ich in der siebten Klasse umhäkeln musste und Mutter dann zum Geburtstag schenkte. Ich dachte, das hätte sie längst weggeworfen! Aber sogar der Umschlag war noch da mit diesem kitschigen Bildchen und dem Spruch: »Siehe, ich mache alles neu!«

Mir kamen fast die Tränen bei dem Gedanken, dass sie das all die Jahre aufgehoben hatte. Lag ich vielleicht falsch mit der Vermutung, dass ihr so etwas nicht wichtig gewesen war? Und wenn das so war, was bedeutete das für mich?

»Siehe, ich mache alles neu.« Vielleicht wäre es an der Zeit, das auch für mich ernst zu nehmen. Wie immer hatte ich nichts vor an den Feiertagen – wer braucht schon eine eigensinnige Single-Frau an seinem Festtagstisch? Aber da war Sigrids Einladung. Sie hätte das nicht schreiben müssen, wenn sie es nicht ernst meinte. Einen Ring kann man auch mit der Post schicken. Mit einem tiefen Atemzug griff ich zum Telefon, um ihr zuzusagen.

Der Herr bricht ein um Mitternacht

Lesezeit: ca. 8 Minuten

Lieber Herr Dr. Sellerich,
bei unserer letzten Gemeindeleitungstagung haben Sie sich sehr dafür interessiert, was uns dazu bewegt hat, uns in unseren jeweiligen Gemeinden zu engagieren. Die meisten Teilnehmer hatten dazu eine klare Antwort; ich hingegen war nicht in der Lage, Ihnen das in Anwesenheit der Gruppe zu erzählen. Zum einen wäre es zu lang geworden, aber vor allem ist es eine so sonderbare Geschichte, dass ich sie bisher noch niemandem erzählt habe. Weil Sie mich aber so freundlich angesprochen haben und ich Ihnen auch für die vielen hilfreichen Handreichungen bei unserem Seminar sehr dankbar bin, möchte ich Ihnen das nun in diesem Brief schreiben.

Das Ganze nahm seinen Anfang an einem Weihnachtsfest vor einigen Jahren. Unsere Tochter Laura war damals vierzehn, Sarah elf Jahre alt, und mein Mann Michael und ich hatten eine schwierige Phase in unserer Ehe. Ich versuchte damals, diese Probleme durch das Streben nach Perfektion in den Griff zu bekommen. Vielleicht kennen Sie das ja auch, wenn man alles besonders schön machen möchte, und so, wie es der Familientradition entspricht: Man dekoriert das Haus, organisiert diverse weihnachtliche Aktivitäten, schmückt den Weihnachtsbaum, kauft Geschenke, von denen man hofft, dass sie dem Empfänger Freude machen, kocht ein aufwendiges Essen (bei uns war das immer ein Gänsebraten mit Klößen und Rotkohl), backt Plätzchen, schreibt Karten ... Sie wissen, wovon ich rede.

In jedem Reklamespot wird uns vorgemacht, wie harmonisch und friedlich Weihnachten sein soll. Aber wir erlebten besonders in diesem Jahr das genaue Gegenteil. Es begann damit, dass es in der Adventszeit Gerüchte darüber gab, dass meine Firma in großem Stil Personal entlassen müsste. Das belastete mich sehr, weil wir natürlich mein Teilzeitgehalt in unsere Gesamtkalkulation eingerechnet hatten und ich nicht sicher war, ob ich so einfach eine neue Stelle finden würde. Dann hatte Michaels Vater einen Autounfall und musste für längere Zeit im Krankenhaus bleiben, was bedeutete, dass wir seine Mutter täglich hinbringen mussten, weil sie keinen Führerschein hatte. Und das waren nur die größeren Katastrophen; ergänzt wurden sie durch Lauras schlechte Mathenoten und die Tatsache, dass es schon im November angefangen hatte zu schneien und wir relativ viel Fläche zu räumen haben.

Heiligabend selbst war dann der totale Horror. Im Nachhinein klingen die Geschichten immer lustig, wenn man mittags beim Baumschmücken merkt, dass die Lichterkette nicht geht. Auch die Gans war in diesem Jahr etwas zäh, und es reichte nicht, dass Michael das in ziemlich unfreundlichem Ton feststellte, auch Laura fing an zu meckern, dass es ihr nicht schmeckte. Und zu allem Überfluss stellte sich bei der Bescherung heraus, dass ich für Sarah das falsche Computerspiel bestellt hatte, was in Tränen endete.

Ich kann Ihnen gar nicht beschreiben, wie genervt ich war. Mit ziemlichem Druck sorgte ich noch dafür, dass sich alle rechtzeitig fertig machten, um in die Christmette in der Martinskirche zu gehen (unsere Nachbarin hatte mir vorgeschwärmt, dass das immer so stimmungsvoll wäre). Wir kamen aber gar nicht dort an, denn es hatte schon wieder geschneit, und bei einem misslungenen Bremsmanöver rutschte unser Auto gegen einen Laternenmasten und bekam eine üble Schramme.

Die Stimmung war auf dem Nullpunkt. Die Mädchen quengelten, weil ihnen kalt war und sie die falschen Schuhe anhatten; Michael ärgerte sich darüber, dass ihm das mit dem Auto passiert war, und ich war sowieso fix und fertig.

»Lasst uns wieder nach Hause fahren«, knurrte mein Mann. »Ich hab jetzt keinen Bock auf Kirche.«

»Aber gern«, sagte ich bissig. Mir war auch die Lust vergangen. Ich setzte mich in den Wagen und knallte die Autotür zu, so laut es ging. »Ich sage euch, ich hab es so satt, mir kann Weihnachten wirklich komplett gestohlen bleiben!«

Das waren tatsächlich meine Worte. Sie werden gleich merken, warum ich das so genau weiß.

Wir näherten uns also im Schneckentempo wieder unserem Haus, und das, was ich daraufhin feststellte, machte mich mehr als unruhig. »Schaut doch mal«, sagte ich. »Wir hatten doch den Weihnachtsbaum angelassen, aber man sieht ihn gar nicht im Wohnzimmerfenster!«

»Vielleicht ist die Sicherung rausgeflogen«, meinte Michael. »Ich sehe gleich nach.«

»Aber unsere ganze Weihnachtsdekoration ist weg!«, rief ich. »Der Kranz an der Haustür … die Sterne im Fenster … hat uns jemand einen Streich gespielt?«

»Zu Weihnachten?«, fragte Laura ungläubig. »Das macht man doch eher zu Halloween, oder?«

Ratlos betraten wir unser Haus. Aber es kam noch schlimmer. Im Wohnzimmer fehlte nicht nur jede Spur von Weihnachtsdekoration, auch der Baum selbst war weg. Die Geschenke waren weg bis auf den letzten Fitzel Papier, der noch auf der Erde gelegen hatte. Der Adventskranz war weg, ebenso die Erzgebirgskrippe von meiner Oma. Sämtliche Weihnachtskarten waren verschwunden, die ich nach amerikanischem Vorbild auf dem Kaminsims aufgestellt hatte.

Sarah fing an zu weinen. »Waren Einbrecher hier und haben alles geklaut?«

Michael schüttelte den Kopf. »Was wollen die denn mit unserem Geschenkpapier? Die hätten eher die Stereoanlage und den Fernseher mitgenommen!«

Ich ging weiter in die Küche. Alle Reste des Weihnachtsessens fehlten, es roch nicht mal mehr danach. Es gab keine Plätzchen mehr und auch keine Süßigkeiten mit Weihnachtsmotiven. Nur eine ganz ordinäre Tafel Schokolade befand sich noch im Vorratsschrank. So langsam überfiel mich eine gewisse Panik. Es war nichts beschädigt, es gab keinen Hinweis darauf, dass jemand ins Haus eingedrungen war, aber es fehlte alles, was in irgendeiner Form mit dem Fest zu tun hatte, sogar die Weihnachtslieder-CDs im Regal. Selbst die große Weihnachtsshow im Fernsehen konnte nicht eingeschaltet werden.

Wir durchkämmten das ganze Haus auf der Suche nach einer Erklärung. Aber es gab keine. Selbst wenn es sich um einen dummen Scherz handelte – wie sollte das jemand in der kurzen Zeit bewerkstelligt haben, in der wir fort gewesen waren?

Eine Weile saßen wir auf dem Sofa und sahen uns ratlos an. Aber wir hatten keine Ahnung, was los war. Schließlich sagte Michael resigniert: »Egal, was ihr macht, ich gehe jetzt ins Bett.«

Die Mädchen nickten kleinlaut. Nachdem sie kurz über den Verlust ihrer Geschenke geklagt hatten, war ihnen mittlerweile klar, dass es jetzt nichts gab, was wir daran ändern konnten, und dass das Ganze ziemlich unerklärlich war. Sie erhoben sich gemeinsam, und ich bekam noch mit, dass sie vereinbarten, zusammen in Lauras Zimmer zu übernachten. Offensichtlich war ihnen so unheimlich, dass sie nicht allein ins Bett gehen mochten. Das schien besser zu sein als alles Gezicke und Gezanke, das sie sonst immer füreinander übrighatten.

Noch eine ganze Weile saß ich allein im dunklen Wohnzimmer. Auch wenn ich genauso wenig wie der Rest der Familie wusste, was passiert war, machte ich mir darüber keine Sorgen. Ich dachte eher darüber nach, was das mit mir zu tun hatte. Ich hatte viel Zeit in diese Dinge investiert, die jetzt nicht mehr da waren, aber ich vermisste sie nicht. Mir fehlte weder der Weihnachtsbaum (auch wenn er wie jedes Jahr sehr schön ausgesehen hatte) noch das Spekulatiusdessert, das ich für morgen vorbereitet hatte und das jetzt natürlich nicht mehr im Kühlschrank stand.

Stattdessen erinnerte ich mich an die Weihnachtsfeste zu Hause. Sowohl meine Eltern als auch meine Großeltern waren sehr fromme Menschen. Mir war das irgendwann zu viel gewesen, dauernd in den Gottesdienst zu gehen, regelmäßige Andachten zu halten oder einem Bibelleseplan zu folgen. Ich wurde eine von denen, die zwar die Existenz Gottes nicht unbedingt infrage stellen – aber etwas mit ihm zu tun haben wollen sie auch nicht. Als ich Michael kennenlernte, gab ich das Thema ganz auf. Nicht dass er mich beeinflusst oder daran gehindert hätte, einen Gottesdienst zu besuchen oder in eine Gemeinde einzutreten, aber ihm war das nicht wichtig. Und deshalb beschäftigte ich mich auch nicht weiter damit.

Aber jetzt, als ich in unserem absolut festtagsfreien Wohnzimmer saß und auf den blinkenden Weihnachtsstern im Fenster der Nachbarn gegenüber schaute, kam etwas davon zu mir zurück. Ich spürte plötzlich, dass da immer eine Lücke gewesen war, eine Leere, die ich mit Deko und fragwürdigen Bräuchen nicht füllen konnte. Und ich wusste einfach, dass es an der Zeit war, dem nachzugehen.

Ich stand auf und trat an unser Bücherregal. Auch wenn die Bücher mit den Adventsbasteleien und Weihnachtsgeschichten nicht mehr dort standen, meine alte Konfirmationsbibel war noch da. Mit ihr setzte ich mich jetzt aufs Sofa, blätterte in den Evangelien und dachte an damals. Als ich das mit dem Glauben noch ernst nahm. Als ich in den Jugendkreis ging und im Kindergottesdienst mitarbeitete, weil alle meine Freunde dort zu finden waren.

Ich las nicht die bekannte Weihnachtsgeschichte aus Lukas 2, die man ja immer wieder hört. Ich schaute mir an, was ich als junges Mädchen mit einem gelben Marker hervorgehoben hatte: »Trachtet zuerst nach Gottes Reich und nach seiner Gerechtigkeit, dann wird euch alles andere zufallen.«, »Sorget euch nicht, denn euer himmlischer Vater sorgt für euch.«, »Gott will, dass allen Menschen geholfen wird und sie zur Erkenntnis der Wahrheit kommen.«

Das war mir einmal so wichtig gewesen. Ich hatte es auch nie ganz vergessen oder abgelehnt, aber mein Leben hatte sich in eine andere Richtung entwickelt: Ich trachtete zuerst nach anderen Dingen, ich sorgte mich sehr wohl um unser ganz weltliches Wohlergehen, und dass anderen Menschen geholfen werden sollte, war keins meiner bewussten Anliegen mehr.

Lieber Dr. Sellerich, vielleicht können Sie besser verstehen als ich, was da vor sich ging, da Sie so eine geistliche Persönlichkeit sind. Ob da Gott zu mir geredet hat? Ob diese ganze Sache eins seiner Wunder war? Ich denke immer wieder darüber nach und finde keine endgültige Antwort.

Vielleicht wollen Sie aber auch den Rest noch wissen. Ich ging schließlich in einer seltsam ruhigen Stimmung ins Bett und beschloss, das alles einfach Gott zu überlassen. Am nächsten Morgen hatte sich nichts geändert. Es war immer noch alles weg. Wir frühstückten zusammen und verabredeten, nicht weiter über die Vorkommnisse zu sprechen, um uns nicht noch mehr zu beunruhigen.

Wir holten die Schwiegermutter ab und fuhren gemeinsam ins Krankenhaus. Mein Schwiegervater hatte ein Adventsgesteck in seinem Zimmer, was mir noch einmal in Erinnerung rief, dass wir vielleicht die einzige Familie in unserer Bekanntschaft waren, bei der es nicht eine einzige Tannennadel zu finden gab. Die Schwiegermutter hatte ihr Berliner Brot mitgebracht, das wir normalerweise nicht so lieben, aber jetzt stürzten wir uns alle darauf, so, als wollten wir uns beweisen, dass es Weihnachten doch noch gab.

Das Beste aber war die gute Stimmung. Es geht zwischen uns nicht immer ganz unkritisch ab: Die Schwiegereltern haben meistens die Sorge, dass wir die Kinder zu sehr verwöhnen, dass wir zu viel Geld ausgeben oder irgendwelche Dinge tun, die andere in den falschen Hals kriegen könnten. Aber an diesem Tag blieben all die gewohnten kleinen Spitzen aus. Auch ich war in der Lage, jede provokante Äußerung zu vermeiden, und die Mädchen benahmen sich geradezu vorbildlich. Die Zeit ging so schnell herum, dass wir ganz verblüfft waren, als die Schwester mit dem Abendessen kam und wir den Besuch beenden mussten.

Wir brachten die Omi nach Hause, und sie fragte uns, ob wir noch mit reinkommen und bei ihr ein Schnittchen essen wollten. Erstaunlicherweise gab es keinen, der sich dagegen aussprach. Vielleicht war uns allen bewusst, dass sie nicht allein sein mochte. Sie machte uns Abendessen, und dann spielten wir noch eine Runde Rommé, bevor wir gut gelaunt nach Hause fuhren.

Ich hatte ein wenig vor mich hin geträumt und schreckte deshalb auf, als Michael sagte: »Jetzt seht euch das an!«

Wir rollten auf die Garage zu und konnten im Wohnzimmerfenster deutlich den Weihnachtsbaum erkennen. An der Haustür hing wieder der Kranz. Wir traten ein und rochen sofort den Duft von Gänsebraten. Es war alles wie vorher: das zerfetzte Weihnachtspapier, das falsche Computerspiel, das neue Parfum, das ich auf die Anrichte gestellt hatte.

Wir sahen uns an. Ratlosigkeit ist ein viel zu schwaches Wort für das, was in uns vorging. Aber wir begriffen alle, dass da etwas absolut Außergewöhnliches geschehen war.

Die Mädchen sammelten ohne Gemecker ihre Geschenke zusammen und gingen nach oben. Michael und ich setzten uns noch auf ein Glas Wein ins Wohnzimmer und genossen die Ruhe und den Nachklang dieses Tages. Und dann verabredeten wir zwei Dinge: dass wir uns an dieses sonderbare Ereignis erinnern wollten, ohne es weiterzuerzählen, und dass wir von nun an unsere Prioritäten anders setzen wollten. Für mich gehörte dazu, dass ich mir eine Gemeinde gesucht habe, in der ich mich auch meinen Möglichkeiten entsprechend einbringe. Auch Michael geht dorthin und die Mädchen fühlen sich dort ebenfalls sehr wohl.

Das ist also meine Geschichte. Uns ist nie wieder etwas Vergleichbares passiert, aber ich bin sicher, wir erinnern uns jedes Jahr an Weihnachten wieder daran. Denken Sie darüber, was Sie wollen. Ich weiß, dass ich mich auf Ihre Verschwiegenheit verlassen kann.

Mit herzlichen Grüßen
Ihre Sabine Schubert

Brief an mein Kind

Lesezeit: ca. 5 Minuten

Meine wunderbare kleine Tochter Helena,

jetzt bist Du endlich auf der Welt! Nachdem ich Dich und Deine Mama noch für eine Nacht in der Klinik gelassen habe, muss ich mich erst mal ein wenig sammeln. Eigentlich hatten die Ärzte Deine Geburt für den Anfang des neuen Jahres erwartet. Nun bist Du schon zwei Tage vor Weihnachten gekommen, und ich kann nicht anders, als diese beiden Geburtstage miteinander zu vergleichen.

Vielleicht kam der kleine Jesus ja auch ein wenig zu früh. Vielleicht hatten Josef und Maria gehofft, sie würden es noch zurück nach Nazareth schaffen – und dann setzten wie bei Deiner Mutter plötzlich die Wehen ein, und es gab kein Halten mehr. Erst nachdem ich es selbst miterlebt habe, kann ich mir vorstellen, wie es gewesen sein könnte.

»Und sie gebar ihren ersten Sohn« steht so unglaublich knapp und sachlich im Lukas-Evangelium. Der Satz unterschlägt die Stunden des Kämpfens und Wartens, geht einfach über die Schmerzen und die Angst hinweg. Deine Mutter war tapfer und stark, aber es gab auch Momente, in denen sie nur noch schrie und dachte, sie könnte es nicht mehr aushalten. Und das dachte ich auch, während ich nichts anderes tun konnte, als sie an das geübte Atmen zu erinnern und mir von ihr bei jeder Wehe fast die Hand zerquetschen zu lassen.

Dabei befanden wir uns in einem gut ausgestatteten Kreißsaal, wurden von einer erfahrenen Hebamme versorgt und wussten, dass ein Arzt zur Stelle wäre, falls Komplikationen aufträten. Wie war das wohl damals in dieser Notunterkunft unter fragwürdigen hygienischen Bedingungen? War da jemand, der dem jungen Paar zur Seite stand, es beruhigte und wusste, was zu tun war? Darüber schweigt Lukas. Er berichtet aber, dass danach die Menge der himmlischen Heerscharen jubilierte. Ich muss dann immer an die Oratorien von Bach und Händel denken, die ich gerade in dieser Zeit so gerne höre, an das »Jauchzet, frohlocket« oder »Halleluja«. Ich kann Dir versichern, so ähnlich fühlte ich mich, als ich Dich zum ersten Mal in meinem Arm hielt. Du warst so klein und runzlig und noch etwas verschmiert, aber mit einer Stimme, die es durchaus mit der Lautstärke der himmlischen Heerscharen aufzunehmen versuchte. Ich wollte nur noch jubeln. Auch Deine Mama sagte mir später, sie hätte sich in diesem Moment so großartig gefühlt wie noch nie in ihrem Leben. Es ist immer wieder ein Wunder, wenn ein Kind zur Welt kommt, und wir durften es erleben.

Hat sich Josef auch so gefühlt – oder bestimmten sein Denken vor allem Sorgen, wie es weitergehen würde? Er wusste schließlich, dass er nicht der Vater dieses Kindes war. Er hatte zwischenzeitlich mit dem Gedanken gespielt, Maria zu verlassen. Wie kann man jemandem vertrauen, der einem so etwas antut? Hätte ich das gekonnt? Wie würde ich reagieren, wenn mir im Traum ein Engel erschiene und mir versicherte, dass Gott einen ganz besonderen Plan mit Dir hat?

Deine Großeltern haben schon vor Deiner Geburt ein Sparkonto für Dich angelegt. Mama und ich haben Dir ein Zimmer eingerichtet mit allem, was ein Baby braucht, einen stabilen Kinderwagen gekauft und die Auto-Babyschale, die im Test am besten abgeschnitten hat. Wir haben viel darüber gesprochen, wie wir Dich erziehen wollen, damit Du eines Tages zu einer selbstbewussten jungen Frau wirst, die ihren Weg geht und mit ihrem Leben zufrieden ist. Das liegt für mich momentan noch in weiter Zukunft. Aber alle Leute versichern mir, dass diese Zeit schneller kommt als gedacht.

Bestimmt hatten Josef und Maria auch solche Pläne. Aber wenn sie dachten, die Geburt ihres Kindes sei unter schlechten Bedingungen erfolgt, dann verschlimmerte sich diese Situation weiter, weil sie nun auch noch vor einem Despoten fliehen mussten, der ihrem Kind nach dem Leben trachtete. Was das bedeutet, sehen wir augenblicklich nur zu gut. Die Nachrichten im Fernsehen zeigen uns überfüllte Flüchtlingsboote und Lager voller verzweifelter Menschen. Gleichzeitig bekommen wir einen Einblick in die Gewalt und Zerstörung, vor denen diese Menschen fliehen. Ich hoffe und bete, dass Dir niemals so etwas widerfährt – aber wer kann schon wissen, was das Leben in den nächsten Jahrzehnten alles für Dich und uns bereithält?

Auch wenn ich jetzt gerade nicht unbedingt daran denken möchte, ich erinnere mich auch daran, wie es mit diesem Jesus weiterging. Er wurde prominent, die Menschen feierten ihn und die Wunder, die er tat. Aber das, was er ihnen predigte, konnten sie oft nicht verstehen und noch viel weniger umsetzen. So kippte die Begeisterung – und wir alle wissen, wie das ausging: Jesus wurde grausam gefoltert und ans Kreuz geschlagen. Seine Mutter war dabei und musste es mit ansehen. Von Josef ist nicht mehr die Rede, vielleicht war er schon verstorben – in diesem Moment wohl eine Gnade, denn ich kann mir nichts Schlimmeres vorstellen, als hilflos miterleben zu müssen, wenn dem eigenen Kind so etwas angetan wird.

Süßes kleines Mädchen, ich denke an Dich in Deinem kleinen Klinikbettchen. Ab morgen bist Du bei uns in dem traditionsreichen Stubenwagen, in dem schon Deine Oma als Baby geschlafen hat. Ich freue mich darauf, mein Leben mit Dir zu teilen und Dich aufwachsen zu sehen. Natürlich werde ich nicht verhindern können, dass Du in Deinem Leben Verletzungen erfährst – vom aufgeschürften Knie über den ersten Liebeskummer bis hin zu eventuellen Krankheiten oder beruflichen Niederlagen. Ich verspreche Dir, ich werde alles tun, was mir möglich ist, um Dich zu beschützen und Dich gleichzeitig stark zu machen, damit Du diese Dinge überwinden kannst. Das wird mir nicht immer gelingen, und bestimmt werde ich auch Fehler dabei machen, die Du mir vielleicht eines Tages vorwirfst.

Vor allem aber werde ich versuchen, Dich mit diesem Jesus bekannt zu machen. Denn wenn auch über zweitausend Jahre zwischen seiner und Deiner Geburt liegen, ist das möglich. Weil er nicht im Tod geblieben ist, sondern auch heute noch unsichtbar bei uns ist und uns durch dieses Leben begleitet, wenn wir das wollen. Ich weiß, das ist schwer zu begreifen, weil es nicht in die Strukturen unserer menschlichen Logik passt. Aber ich hoffe, dass es eines Tages einem Sonntagsschulhelfer, einem Teenkreis-Mitarbeiter oder vielleicht sogar Deiner Mutter oder mir gelingt, die richtigen Worte zu finden, damit Du das für Dich annehmen kannst.

Denn hier schließt sich der Kreis. Übermorgen ist Weihnachten. Du wirst noch nicht viel mitbekommen von all den Bräuchen und Traditionen rund um das Fest, mit dem wir Jesu Geburt feiern. Erst in ein paar Jahren wird es für Dich vermutlich ganz wichtig sein, mit Plätzchen, Liedern und Adventsdekoration auf den Zeitpunkt hinzufiebern, wenn die Geschenke unter dem Baum liegen. Und zwischendurch werden wir auch Deinen Geburtstag angemessen feiern, versprochen!

Dennoch hoffe ich, wir werden darüber dieses andere Kind nicht aus den Augen verlieren. Diesem Jesus haben wir Dich im Gebet schon anvertraut, bevor Du geboren warst, und ich bete weiter dafür, dass Du Dich ihm eines Tages auch durch Deine eigene Entscheidung anvertrauen wirst.

Haben wir nicht ein spannendes Leben vor uns, liebe Helena?

Dafür wünsche ich Dir und uns Gottes Segen!

Dein Dich jetzt schon grenzenlos liebender Vater

Die Weihnachtspyramide

Lesezeit: ca. 6 Minuten

Tief im Erzgebirge versteckt liegt der kleine Ort Seiffen. Er ist berühmt für seine in aller Welt nachgefragten Krippen, Weihnachtspyramiden und Räuchermännchen. Auch wenn inzwischen die Konkurrenz aus Südostasien längst das preiswertere Marktsegment dominiert, gibt es dort immer noch Schnitzer, die ihr Handwerk verstehen und dadurch ihr Auskommen haben.

Einer davon war Jürgen. Schon seit mehreren Generationen lebte seine Familie auf einem kleinen Hof in der Nähe des Dorfes. Seine Spezialität waren Schnitzereien, die echten Menschen nachempfunden waren: Er hatte die besondere Gabe, den Gesichtern seiner Figuren anhand von Fotos individuelle Züge zu verleihen, und das hatte sich mittlerweile herumgesprochen. Jedes Jahr bestellten viele Kunden bei ihm Krippenfiguren, die eine frappierende Ähnlichkeit mit eigenen Verwandten oder beliebten Prominenten hatten.

Jürgens Arbeiten hatten dementsprechend ihren Preis. Deshalb war es für ihn auch nichts Ungewöhnliches, als eines Tages mal wieder eine Luxuslimousine mit Dresdner Kennzeichen auf seinen Hof rollte.

Der Mann, der ihr entstieg, stellte sich als Dr. Löwenstein vor und kam direkt zur Sache. Er hatte in Seiffen eine große

Flügelpyramide erworben, die zum nächsten Weihnachtsfest in seinem Haus aufgestellt werden sollte. »Aber die Standardfiguren, die ursprünglich dazugehörten, die gefallen mir nicht«, erklärte er. »Da hätte ich gern etwas Besseres. Sie wurden mir empfohlen als jemand, der alle Arten von Personen treffend nachbilden kann. Deshalb würde ich gern meine ganze Familie als Vorlagen nehmen. Es soll etwas ganz Besonderes werden.«

Ein schöner Auftrag, fand Jürgen. Er nannte seinen Preis, und Dr. Löwenstein akzeptierte ihn, ohne mit der Wimper zu zucken. Er leistete sogar eine Anzahlung, um sämtliche Figuren auch ganz bestimmt zum ersten Advent ausgeliefert zu bekommen, und versicherte, umgehend die entsprechenden Foto-Vorlagen zuzumailen, damit das Projekt ohne Verzögerung starten konnte.

Die Mail kam wie angekündigt. Dr. Löwenstein hatte genau zugeordnet, welche Krippenfigur nach welcher Person gestaltet werden musste: Seine Frau bekam natürlich die Rolle der Maria, er selbst war Josef, die Tochter Annalena sollte der Verkündigungsengel auf der obersten Etage werden. Er hatte an alles gedacht.

Jürgen druckte wie üblich alle Bilder aus, um sich mit den Porträts zu beschäftigen, aber als er an das Foto von Benedikt Löwenstein kam, zuckte er zurück. Ausgerechnet aus ihm sollte das Jesuskind werden – konnte er das tun?

Mehrere Stunden beschäftigte er sich mit seinen Holzbeständen, fegte die Werkstatt, bezahlte Rechnungen, räumte sogar seinen Schreibtisch auf. Aber irgendwann konnte er dem Thema nicht länger aus dem Weg gehen. Gern hätte er es mit seiner Frau besprochen, aber ausgerechnet jetzt war sie mit den Kindern für ein paar Tage zu ihren Eltern ins Havelland gefahren.

Seufzend nahm Jürgen die Fotos der Familie Löwenstein und setzte sich in sein Auto, um seinen Freund Uwe zu besuchen, den Pfarrer eines nahe gelegenen Dorfes.

Der hatte schon Tee gekocht und war ganz gespannt darauf, mit welcher Frage Jürgen zu ihm kam. »Sechzehn große Figuren sollst du schnitzen? Das klingt doch erst einmal nach einem profitablen Geschäft!«

»Sicherlich«, sagte Jürgen zögernd und zog die Porträts aus der Tasche. »Aber sieh doch mal, wen der Mann als Jesuskind vorgesehen hat!« Er schob Uwe das Foto von Benedikt zu.

Uwe reagierte auf das Bild ebenso erschrocken, wie Jürgen gewesen war. »Das scheint ja eine gravierende Behinderung zu sein«, meinte er schließlich. »Ist das angeboren oder durch einen Unfall passiert? Habt ihr darüber gesprochen?«

Jürgen schüttelte den Kopf. »Letztlich ist es auch egal, was der Junge hat«, seufzte er. »Aber ich soll es nachbilden – diese verformte Stirn, die unsymmetrischen Augen, der seltsame Unterkiefer. Das ganze Gesicht ist eine einzige Katastrophe.«

»Hast du Sorge, dass du es nicht hinkriegst?«

Jürgen zuckte mit den Schultern. »Doch, bestimmt kriege ich es hin. Solche außergewöhnlichen Formen sind relativ einfach nachzuvollziehen. Die erkennt jeder wieder! Meine Frage ist eher: Kann ich das tun, Uwe? Ist es nicht Blasphemie, dem Sohn Gottes so eine verkrüppelte Visage zu verpassen? Verlangt mein Auftraggeber da nicht zu viel von mir?«

Uwe trank erst mal einen Schluck Tee und starrte nachdenklich in seine Tasse. »Du hast Angst, das Kind in der Krippe dermaßen behindert darzustellen?«

Jürgen nickte. »Ich denke, Jesus war vollkommen! Er war Gottes Sohn!«

»Aber er wurde Mensch«, wandte Uwe ein. »Er kam mit der Absicht auf die Welt, alles zu tragen, was an unserem Leben schwer ist. Und solche Missbildungen sind definitiv schwer zu ertragen, für die Familie vermutlich genau so wie für das Kind selbst.«

»Du meinst also, ich sollte es tun? Ihn genau so schnitzen wie auf dem Foto?«

Uwe atmete tief durch. »Die Entscheidung triffst du, Jürgen. Aber ich sehe nichts Falsches darin. Deine Absicht ist ja nicht, dich über Jesus lustig zu machen, im Gegenteil. Ich stelle mir sogar vor, wenn er diesen Benedikt damals getroffen hätte, hätte er auch sein Leid auf sich genommen.«

Jürgen schwieg eine Weile und dachte darüber nach. Er leerte seine Tasse und sammelte die Fotos wieder ein. »Danke fürs Zuhören!« Er umarmte seinen Freund und fuhr in seine Werkstatt zurück.

Am Samstag vor dem ersten Advent stellte Jürgen zwei Kisten mit den sorgfältig eingepackten Figuren in seinen Kombi und machte sich auf den Weg nach Dresden. Dr. Löwensteins Villa lag in einem Teil der Stadt, in dem er noch nie zu tun gehabt hatte. Hohe Hecken und ein solides Tor schirmten sie zur Straße hin ab, aber als Jürgen sich über die Gegensprechanlage anmeldete, glitt das Tor lautlos zur Seite und gab einen Kiesweg bis zum Hauseingang frei.

Dr. Löwenstein und Benedikt standen vor der Tür, um ihn zu begrüßen. Jürgen näherte sich dem Jungen mit gemischten Gefühlen. In der Realität sah sein Gesicht noch bizarrer aus als auf dem Foto. Auch sein Körper war seltsam verkrümmt, und er machte keine Anstalten, ihm wie sein Vater die Hand zu reichen.

Es war schwer einzuschätzen, ob er auch geistig behindert war. Aber immerhin sagte er »Guten Tag« und sein Gesicht verzog sich zu einer Grimasse, die vielleicht als Lächeln gedacht war.

Jürgen trug seine Kisten ins Haus bis in das Wohnzimmer, wo die Pyramide bereits aufgebaut war. Er wollte schon mit dem Auspacken beginnen, als sein Gastgeber ihn zurückhielt. »Lassen Sie Benedikt das machen«, sagte er. »Er freut sich schon so lange darauf.«

Nur ungern überließ Jürgen seine wertvollen Figuren einem Jungen, dessen motorische Fähigkeiten er nicht beurteilen konnte. Was, wenn er sofort dem Engel, der seiner Schwester nachempfunden war, einen der zarten Flügel abbrach? Aber Benedikt wickelte mit größter Behutsamkeit die einzelnen Stücke aus dem Seidenpapier und kommentierte sie.

»Das ist die Mama«, sagte er und stellte die Gottesmutter vorsichtig auf die unterste Ebene der Pyramide. »Oma Brunhilde ist eine Hirtin. Onkel Ludger ist ein König.«

Stück für Stück wurde gewissenhaft ausgepackt, benannt und an seinen Platz gestellt. Es schien Jürgen, als hätte der

Junge sich schon lange sehr intensiv damit beschäftigt. Es war ziemlich deutlich, dass er auch vom Intellekt her nicht einem gesunden Kind seines Alters entsprach. Aber Dr. Löwenstein behandelte ihn mit einer so liebevollen Zuwendung, dass es Jürgen Respekt abnötigte.

Er dachte an seine eigenen Söhne – lebhafte Burschen, die ihn manchmal bis an den Rand der Geduld brachten. Aber sie waren gesund und intelligent und würden eines Tages ihren Weg machen. Wie war es wohl, die lebenslange Verantwortung für ein dermaßen behindertes Kind tragen zu müssen?

Schließlich waren fast alle Figuren ausgewickelt, auch das Kamel, die drei Schafe, Ochs und Esel. Das letzte Päckchen war die Krippe mit dem Kind, und Jürgen wartete mit einer gewissen Unruhe auf die Reaktion von Benedikt. Sorgsam entfernte der Junge die letzte Lage des Seidenpapiers und betrachtete das Baby mit dem bizarren Gesicht lange und gewissenhaft. Dann glitten seine Augen zu dem Schnitzer und er sagte ganz ruhig: »Das bin ich.«

Er stellte die Krippe an den vorgesehenen Platz. Jürgen hatte den Eindruck, dass er sehr zufrieden war, auch wenn sein entstelltes Gesicht es nicht recht zeigen konnte. Benedikt wandte sich an seinen Vater. »Jetzt machen wir die Kerzen an, damit es sich drehen kann.«

»Warte noch einen Augenblick«, sagte Dr. Löwenstein. »Ich hole die Mama und Annalena. Die möchten doch auch dabei sein.«

Er verließ den Raum. Benedikt und Jürgen blieben allein vor der großen Pyramide zurück.

Benedikt griff noch einmal nach der Krippe und sah sich das Kind mit seinen Gesichtszügen genau an.

»Gefällt es dir?«, fragte Jürgen ihn, um die Stille zu durchbrechen. Er zuckte innerlich zusammen. Was für eine blöde Frage! Wie konnte jemandem ein solches Aussehen gefallen!

Aber Benedikt nickte. »Ich wollte das Jesuskind sein. Weißt du warum?«

»Weil du der Jüngste bist?«

»Nein!« Er schüttelte den Kopf.

»Weil sich alle vor dir verbeugen?« Jürgen wies auf die Hirten und die Könige, die sich andächtig vor der Heiligen Familie neigten.

»Nein!« Immer noch schaute Benedikt fasziniert auf die geschnitzte Figur. Dann sah er Jürgen mit diesen Augen an, die so unterschiedlich hoch platziert waren, dass sie ihm etwas Fratzenhaftes verliehen. »Jesus hat alle lieb«, erklärte er. »Alle. Mich und dich und alle anderen. Ich will auch alle lieb haben.«

»Das ist schön«, presste Jürgen hilflos heraus, bevor ihm ein ganz seltsames Gefühl die Kehle zuschnürte.

Während Benedikt die Krippe auf die Pyramide zurückstellte, kam Dr. Löwenstein mit dem Rest der Familie zurück. Sie halfen ihm, mit langen Streichhölzern so viele Kerzen anzuzünden, bis die Flügel genug Wärme bekamen. Andächtig schauten sie zu, wie sich die Pyramide zu drehen begann, und freuten sich mit Benedikt.

Danach brach Jürgen auf. Sein Auftraggeber begleitete ihn zur Tür und gab ihm den Rest des vereinbarten Kaufpreises.

»Fröhliche Weihnachten!«, sagte er. »Ich danke Ihnen sehr. Sie haben uns eine große Freude bereitet.«

»Ich habe zu danken«, sagte Jürgen und stieg in sein Auto. Und das meinte er so ernst wie selten zuvor.

Jesus hat alle lieb. Ich will auch alle lieb haben.

Jürgen nickte zustimmend. Er hatte schon viele Weihnachtskrippen in seinem Leben hergestellt. Aber noch keine hatte ihn eine solche Lektion gelehrt.

Ich bin hier nur der Praktikant

Lesezeit: ca. 5 Minuten

Wenn Sie mich fragen: Um ein Haar hätte mein Vorgesetzter das ganze Bethlehem-Projekt komplett versaut. Nur – nach meiner Meinung fragt ja niemand. Deshalb habe ich davon auch erst gar nichts in meinen Praktikumsbericht geschrieben. Aber um ehrlich zu sein, stand es total auf der Kippe.

Es fing schon damit an, dass er zwar Mariechen die Ankündigung gemacht, den Jupp dabei aber völlig vergessen hatte. Und während das Mädel sich in begeisterten Lobgesängen erging darüber, dass sie den zukünftigen Messias austragen durfte, wurde ihr Verlobter immer misstrauischer, sagte aber vorläufig nichts dazu.

Schließlich entschloss sich Mariechen, ihre ebenfalls schwangere Cousine Lisbeth zu besuchen, um Lätzchen zu tauschen oder was weiß ich. Mein Chef ging – natürlich unsichtbar – mit. »Du bleibst hier in Nazareth und behältst die Lage im Auge«, befahl er mir. »Wenn was ist, funk mich an.«

Er hatte natürlich nicht wirklich damit gerechnet, dass was sein könnte. Sonst hätte er mich als Neuling nicht mit so einer Aufgabe betraut. Unsereins ist ja sonst gerade gut genug, um das Manna zu verwalten. Aber tatsächlich traf es sich – äußerst ungünstig, wenn Sie mich fragen –, dass der Jupp eines Abends auf dem Marktplatz mit Marias Mutter ins

Gespräch kam. Oder vielmehr hatte sie ihm aufgelauert, um ihm eine wichtige Frage zu stellen. »Sag mal«, begann sie. »Wann hattest du denn so an die Hochzeit gedacht?«

»Wir haben noch keinen konkreten Termin ausgemacht«, sagte er ausweichend. »Außerdem muss ich doch demnächst erst mal nach Bethlehem wegen dieser doofen Volkszählung.«

Marias Mutter machte ein finsteres Gesicht. »Kommt überhaupt nicht infrage«, sagte sie. »Erst wird geheiratet! Am Ende vergisst der feine Herr vielleicht sonst zurückzukommen, und meine Tochter steht mit dem Kind allein da, das er ihr angehängt hat, und dann?«

»Aber das ist nicht mein Kind«, stotterte Jupp. »Sie hat gesagt, da wär ein Engel gekommen und ...«

»Ja, das hat sie mir auch erzählt«, keifte die Mutter. »Aber egal, wie das war, ich will, dass geheiratet wird, bevor die Nachbarn anfangen, Steine zu sammeln, die sich gut werfen lassen.«

Ich war ein bisschen erschrocken, weil ich natürlich in Jupps Kopf hineinhören konnte. Und er trug sich tatsächlich mit dem Gedanken, heimlich abzuhauen! Bisher war er noch zu verwirrt gewesen, aber die Worte von Marias Mutter hatten ihn auf die Idee gebracht. *Das mit dem Engel war eine originelle Ausrede*, dachte er jetzt. *Aber ich glaube, mit einer Frau, die solche Storys erzählt, möchte ich auf Dauer nicht zusammenleben. Und die Mutter ist sowieso eine Schreckschraube.*

Mit Letzterem hatte er natürlich recht. Aber wenn er sich jetzt heimlich aus dem Staub machte und Mariechen sitzen ließ, dann würde unser ganzer schöner Plan nicht klappen. Denn das Baby musste in Bethlehem geboren werden, das war einer der Eckpfeiler unseres Auftrags. Deshalb nahm ich schleunigst Kontakt mit dem Chef auf und erzählte ihm von meiner Sorge.

»Da musst du was unternehmen«, entschied er. »Ich kann hier nicht weg. Muss über das Mädchen wachen. Das hat erste Priorität.«

»Aber was soll ich denn machen? Ich habe keine Erfahrung damit, Menschen zu begegnen. Das hat mir noch keiner beigebracht!«

»Stimmt«, sagte er seufzend. »Aber im Traum erscheinen ist nicht so schwer. Ich erklär dir, wie das geht.«

Es hörte sich wirklich nicht schwer an. Trotzdem verdankte der arme Jupp mir erst mal zwei schlimme Albträume, bevor ich es schaffte, in seinem Traum aufzutauchen. »Du musst Maria heiraten!«, verkündigte ich ihm. »Glaub ihr die Geschichte, und nimm sie zur Frau, dann wirst du der berühmteste Zimmermann der Weltgeschichte.« Ein besserer Anreiz fiel mir gerade nicht ein.

Immerhin funktionierte es, denn kaum war Mariechen wieder in Nazareth aufgeschlagen, begann Jupp mit aufwendigen Hochzeitsvorbereitungen. Das muss man ihm lassen: Wenn er sich zu etwas entschlossen hat, dann macht er das auch vernünftig. Allerdings auch so gewissenhaft, dass mein Vorgesetzter schon ganz kribbelig wurde. »Ob das nicht etwas schneller geht?«, klagte er. »Die beiden sollten sich besser bald auf den Weg machen. Uns läuft die Zeit davon.«

Aber so ist das nun mal! Menschen haben diesen vertrackten freien Willen, und man kann ihnen als himmlischer Bote auch nicht jede Nacht im Traum erscheinen; sonst ist das ja nichts Besonderes mehr. Also warteten wir die rauschende Hochzeitsfeier ab und begleiteten die beiden dann auf die endlos lange Reise nach Bethlehem. Ich glaube, Jupp hatte dafür den lahmsten Esel der Welt besorgt. Mariechen musste alle naselang absteigen und Pause machen. Der Chef wurde immer nervöser. »Ich hätte daran denken sollen«, schimpfte er, »dass diese schwangeren Frauen ständig irgendwelche Wehwehchen haben. Aber jetzt ist es nicht mehr weit.«

Er hätte vor allem daran denken sollen, dass Bethlehem, das normalerweise ein verschlafenes Kaff ist, momentan überquoll mit Leuten, die wegen der Volkszählung unterwegs waren. Das Gasthaus am Markt war bereits überbelegt, und Jupp verfügte leider nicht über die nötigen Mittel, um sich anderweitig eine komfortable Bleibe zu sichern. Wir konnten ihm auch nicht helfen, denn Dinge wie Geld herstellen sind uns ausdrücklich verboten. Das Einzige, was wir tun konnten, war einem Olivenbauern eine Eingebung zu verpassen, damit er sich an seinen alten Schafstall erinnerte. Dort richteten sich die beiden erst mal provisorisch ein.

Mariechen war alles andere als begeistert. »Tolle Hochzeitsreise!«, meckerte sie. »Nur damit du das weißt, hier bleibe ich keine zweite Nacht.«

»Nun mal langsam«, sagte Jupp. »Morgen besuchen wir erst mal meine Vettern und dann ...«

»Nix und dann!«, schimpfte sie. Ihre Stimme klang der ihrer Mutter so ähnlich wie nie. Ich merkte es – und der Jupp merkte es auch, denn er zuckte sichtlich zusammen. »Du trägst dich morgen in diese Liste ein, und dann sind wir weg, capito?«

»Wie du willst, Liebling«, seufzte Jupp.

Der Chef verzog das Gesicht und nickte mir zu. »Dann fangen wir jetzt an«, sagte er. »Ich löse die Wehen aus, und du passt auf, dass der Kerl sich nicht verbrüht, wenn er heißes Wasser macht. Ich sage dir Bescheid, wenn du die Kapelle bestellen kannst.«

Immerhin kriegte er die Geburt schnell und komplikationslos hin. Ich verständigte die Musiker. Ein mittelgroßes Bläserensemble samt Chor erschien auf der Wiese und sah sich erstaunt um. »Wo sind wir denn hier gelandet?«, fragte der Dirigent ungehalten. »Hast du uns die falschen Koordinaten gegeben? In unserem Dienstplan steht Marktplatz Bethlehem!«

»Kleine Planänderung«, sagte ich entschuldigend. »Hat nicht alles so geklappt mit der Herberge.«

Der Dirigent warf einen Blick auf den Stall. »Immerhin kommt das bestimmt sehr romantisch rüber in der späteren Überlieferung.«

»Hab ich auch schon gedacht«, sagte ich. »Ein Baby in einer Futterkrippe, das ist ein echtes Alleinstellungsmerkmal.«

»Du willst wohl mal ins Marketing?«, fragte er mich. »Dann solltest du aber auch wissen, dass man Publikum braucht. Und wo finden wir das jetzt?«

»Darüber hab ich auch bereits nachgegrübelt«, sagte ich mit bedauerndem Achselzucken. »Hier gibt es leider nur Wiesen mit Schafherden. Die Hirten kampieren da drüben links.«

»Schafhirten!«, zischte er. »Absolute Banausen! Die können doch eine Tuba nicht von einer Piccoloflöte unterscheiden. Aber egal, Auftrag ist Auftrag. Den Stern lassen wir euch hier. Vielleicht finden das dann doch noch andere.« Und er schob seine Musiker Richtung Schafweiden. Ich konnte sie von Weitem hören, als sie ihr großes Halleluja spielten. Kurze Zeit später trampelten dann auch die Hirten zu uns rüber und drängelten in den Stall, um sich das Kind anzusehen.

Mein Vorgesetzter stellte sich zufrieden neben mich und hakte seine Auftragsliste ab. »Na, das haben wir doch ganz ordentlich hingekriegt, oder? Jetzt warten wir nur noch ab, bis die Sterndeuter kommen, und der Job ist erledigt.«

»Wegen der Sterndeuter, Boss«, sagte ich etwas unsicher. »Ich mach mir da so meine Gedanken. Ich meine: Kommen die nicht erst mal durch Jerusalem? Das könnte Ärger geben, entweder mit den Römern oder diesem Knaller Herodes.«

»Ach, das sehen wir dann«, meinte er mit einer wegwerfenden Handbewegung. »Da wird mir bestimmt was einfallen. Bisher war das immer so. Schließlich bin ich sehr kreativ.«

Ich hätte es eher nachlässig genannt. Aber mich fragt ja keiner – ich bin schließlich nur der Praktikant.

Unvollkommene Welt

Lesezeit: ca. 5 Minuten

Schon Mitte November hatte ich unseren neuen Pastor auf die Weihnachtsfeier angesprochen. »Herr Reichel, Sie wissen bestimmt, dass am zweiten Advent traditionell die Senioren-Feier ist?«

»Aber sicher, Frau von Barsewitz. Ich habe es mir eingetragen.«

»Ich meine nur, nun ja ... Bisher hat sich immer die Frau Ihres Vorgängers darum gekümmert und ...«

»Ich weiß, Frau von Barsewitz«, unterbrach mich Herr Reichel, »und ich habe keine Frau. Leider.«

Das wusste ich natürlich auch. Von Dietlind Guttke hatte ich sogar gehört, er wäre bis vor Kurzem verlobt gewesen, aber seine Braut hätte ihn sitzen lassen, weil er die Stelle bei uns in der Provinz angetreten hätte. Aber wer konnte wissen, ob das stimmte? »Frau Steller hat immer alles so schön vorbereitet. Vor allem den Weihnachtsbaum. Der war jedes Jahr ganz wunderbar, so geschmackvoll und feierlich.«

»Soso, der Weihnachtsbaum«, sagte Herr Reichel. »Ich werde mir mal Gedanken dazu machen.« Das tat er dann offensichtlich auch, denn eine Woche vor der Feier bekamen wir Senioren alle eine Einladung mit der Bitte, selbst etwas an Baumschmuck mitzubringen. Er würde den Baum besorgen und wir könnten ihn gemeinsam schmücken. Ich war ziemlich bestürzt. Wenn jeder was mitbrächte – wie sähe das bloß aus?

Tatsächlich hatte er eine mittelgroße, etwas windschiefe Tanne aufgestellt und mit einem elektrischen Lichterkranz versehen. Und Dietlind Guttke hatte nichts Besseres zu tun, als direkt eine Dekoration auf die Spitze zu klemmen, die ihr ihre Schwiegertochter aus Kanada geschickt hatte, ein paillettenbesetztes Monstrum von Weihnachtsengel in Pink, Grün und Gold. »Jeannie wollte mir damit eine Freude machen«, erklärte sie, »aber ich hab ja schon lange keinen Weihnachtsbaum mehr.«

»Ich auch nicht«, sagte Horst Roeder. »Wozu auch? Unser Junge ist jetzt seit zwanzig Jahren tot, und nachdem auch meine Frau gestorben ist…« Weiter kam er nicht, sonst hätte er angefangen zu weinen. »Aber ich habe das hier im Schrank gefunden«, fuhr er fort und packte einen Umschlag voller Lametta aus – offensichtlich schon mindestens einmal verwendet. »Soll ich das auch aufhängen?«

»Ich bitte darum«, sagte Pastor Reichel. »Und mir scheint, Herr Schmitt hat uns ebenfalls einen Beitrag mitgebracht.«

Das war stark untertrieben. Gunther kam mit mindestens vier Kartons Baumkugeln an. »Die hatte ich immer noch im Lager«, sagte er. »Diese Sorte war vor vier Jahren der Renner.« Es handelte sich dabei um Kugeln in einer sonderbaren bronzeähnlichen Farbe, mit denen er jetzt den Baum weiter verschandelte. Es wurde noch grässlicher, als Gertrud Probst ihre dilettantischen Strohsterne dazuhängte, die sie beim Kreativprogramm im Altersheim gebastelt hatte.

Heidi und Georg Neuberger kamen etwas zu spät. »Entschuldigt«, sagte Heidi mit rotem Gesicht, »aber Georg musste sich noch mal umziehen.« Genau genommen war sie es wohl gewesen, die ihn umziehen musste, denn er selbst befand sich bereits in einem Stadium von Demenz, in dem ihm meistens egal war, ob er sich beschlabbert hatte oder auch Schlimmeres. Uns kannte er alle nicht mehr. Aber heute strahlte er über das ganze Gesicht. »Weihnachten!«, rief er und zeigte auf den Baum. »Wie schön!«

Heidi holte eine Packung bunter Plastikengel aus ihrer Tasche. Das Preisschild klebte noch dran. »Die hat mir die Nachbarin besorgt«, sagte sie verlegen. »Ich bin selbst nicht mehr weggekommen.«

»Fröhliche Weihnachten!«, rief Georg wieder und schüttelte uns allen die Hand, während seine Frau zusammen mit dem Pfarrer ihre Engelchen an den Baum hängte. Der sah inzwischen so grauenvoll aus, dass ich kaum hinschauen mochte.

Dann tranken wir erst mal Kaffee. Danach begann Pastor Reichel mit seiner Andacht. Er las den ersten Teil der Weihnachtsgeschichte bis zu der Stelle, als Maria ihr Baby in eine Krippe legt, weil sie sonst keinen Raum in der Herberge hatten. »Das hat mich als Kind immer empört«, erzählte er dann. »Ich fand es total falsch, dass ausgerechnet der Heiland der Welt sein Leben auf diese Weise startet. Wenn er schon nicht als Sohn des Königs geboren wurde, dann doch wenigstens in einer wohlhabenden Familie, die ihm alles bieten kann, was er braucht, oder? Aber irgendwann verstand ich: Das war nicht Gottes Plan. Sein Sohn wurde gerade deshalb in diese Welt geschickt, weil sie unvollkommen und fehlerhaft ist. Und so sollte auch Jesus leben. Er sollte die Armen treffen, die Kranken, die Benachteiligten. Deswegen musste er einer von ihnen werden und nicht in Wohlstand und Zufriedenheit aufwachsen. Er war für alle da. Reiche wie Arme konnten zu ihm kommen, und sie haben das mitgebracht, was sie hatten.« Er zeigte auf unseren Weihnachtsbaum – schaurig bunt und hässlich. »Jeder von uns hat das gegeben, was er hatte. Das passt vielleicht nicht zusammen und sieht nicht so geschmackvoll aus wie in den Magazinen. Aber Jesus nimmt das an. Er nimmt uns an, wie wir sind. Weil er weiß, wie das Leben für uns ist. Er kennt alles, was schwer ist und traurig und ungerecht.«

Ich sah, wie Horst nickte. Erst war sein Sohn mit zweiundzwanzig Jahren an Leukämie gestorben, dann bekam seine Frau Brustkrebs und starb ebenfalls. Er kannte sich aus mit Trauer und Leid. Neben ihm saß Gunther, der seinen kleinen Laden schließen musste, weil er gegen die großen Geschäfte in der Stadt nicht mehr ankam. Dietlind hatte ihren Sohn seit Jahren nicht gesehen, obwohl er immer versprach, ihr demnächst ein Ticket nach Kanada zu schicken. Gertrud lebte im Altenheim. Weil sie nie geheiratet hatte, kam nur ein Neffe ab und zu mal zu Besuch.

Und schließlich Heidi und Georg – ich würde nicht tauschen wollen, auch wenn ich oft damit gehadert hatte, so früh verwitwet zu sein. Der Pfarrer hatte recht: Wir wussten alle etwas darüber, wie schwer das Leben sein konnte. Wieder musste ich den hässlichen Weihnachtsbaum ansehen, der bei mir zu Hause nie über die Schwelle gekommen wäre. Aber plötzlich blickte ich ihn mit anderen Augen an.

Ich griff nach meiner Handtasche. Als ich die alten Blech-Ornamente eingepackt hatte, war ich eigentlich sicher gewesen, sie gar nicht erst vorzuzeigen. Mein Vater hatte sie selbst gemacht – unbeholfene Muster, in Blechplatten gedrückt, die ich immer wieder vorsichtig putzen musste, weil sie sonst grün anliefen. Keine Ahnung, woher er das Material hatte. Zu Hause auf unserem Gut in Ostpreußen hatten wir immer einen wundervollen Weihnachtsbaum mit vielen Glaskugeln gehabt. Aber als Mutter mit uns flüchten musste, war Weihnachtsschmuck nicht das Wichtigste, was es mitzunehmen galt.

Ich war damals acht Jahre alt und konnte nicht fassen, dass sich unser ganzes Leben plötzlich so verändert hatte. Unsere schreckliche wochenlange Reise endete auf einem Bauernhof in Niedersachsen, wo wir zwei Zimmer zugewiesen bekamen. Mein Vater kam erst zwei Jahre später aus der Kriegsgefangenschaft zu uns, auf Krücken und mit vielen Narben. Mutter empfing ihn mit niedergeschlagener Miene und den Worten: »Wir haben alles verloren, Ulrich!« Aber er schüttelte nur den Kopf und sagte: »Das stimmt nicht, Eva. Wir haben uns, wir haben ein Dach über dem Kopf, und wir haben Gott, der uns nie im Stich lässt.«

Mit dieser Einstellung überstanden wir dann auch Zeiten, die wirklich schwer waren. Mein Vater ließ nicht zu, dass wir über das klagten, was wir hatten zurücklassen müssen, und für unser erstes gemeinsames Weihnachtsfest nach dem Krieg stellte er diesen Baumschmuck her, weil wir sonst nichts zum Schmücken hatten.

Ich hatte ihn immer verwahrt, auch wenn mir klar war, dass die Kinder ihn nach meinem Tod bestimmt wegwerfen würden. Aber jetzt war es richtig, ihn hervorzuholen. Ich hängte die silbrigen Teile zu all den anderen Sachen in den Baum und beobachtete, wie sich die elektrischen Kerzen in dem Metall spiegelten. Ich dachte an meinen Vater und seine unerschütterliche Zuversicht und daran, wie er sich freuen würde, wenn er das jetzt miterleben könnte.

Pastor Reichel stimmte mit uns das Lied »O du fröhliche« an, und wir sangen alle mit, am lautesten Georg, der alle drei Strophen auswendig konnte. Dann zeigte er wieder auf den Baum und sagte: »Ach, wie ist Weihnachten schön!«

Und ich glaube, da konnten wir ihm alle zustimmen. Ich zumindest hatte es ganz neu verstanden.

Die Weihnachtspredigt

Lesezeit: ca. 8 Minuten

Als ich nach der Gemeindeleitungs-Sitzung nach Hause kam und Birte erzählte, dass ich die Predigt im Heiligabend-Gottesdienst halten sollte, hatte ich Zustimmung erwartet oder zumindest Ermutigung. Was ich tatsächlich bekam, war ein Seufzer und die Bemerkung: »Na super, Jens, das wird ja eine stressige Adventszeit werden.« Sie sammelte gerade die Duplosteine ein, mit denen Luise am Abend gespielt hatte, bevor ich ging. Offensichtlich war sie bisher nicht dazu gekommen.

»Wird es nicht«, widersprach ich ihr. »Ich werde rechtzeitig anfangen. Ich habe noch fünf Wochen Zeit. Das sollte ja wohl reichen.«

»Hoffen wir's mal«, sagte sie und zog los, um Leon zu füttern und zu wickeln, und ich setzte mich direkt an den Schreibtisch, um mir erste Notizen zu machen. Natürlich musste ich beachten, dass die eigentliche Weihnachtsgeschichte aus Lukas 2 schon am vierten Advent verwendet werden würde, wenn die Weihnachtsfeier des Kindergottesdienstes mit dem traditionellen Krippenspiel stattfand. Aber es gab ja wohl noch genug andere Aspekte, oder?

In der folgenden Woche nutzte ich bei einer Kaffeepause gleich die Chance, meine gläubigen Kollegen dazu zu befragen. Ruth gehört zu einer Freikirche im Nachbarort und Marius ist sehr engagiert in der katholischen Gemeinde. »Oho, die Predigt am Heiligabend«, sagte er. »Da hast du dir ja was vorgenommen. Ich vermute, dass unser Pastor mal wieder gegen den Geschenkestress wettern wird. Das ist in letzter Zeit sein Lieblingsthema, aber ich kann es nicht mehr hören. Lass das bloß bleiben!«

»Oder die Hektik in der Vorweihnachtszeit!«, fügte Ruth hinzu. »Überfüllte Kaufhäuser und Adventsmärkte, bei denen der Glühwein in Strömen fließt.«

»Notiert«, sagte ich, weil ich beschlossen hatte, sofort alles aufzuschreiben. »Das wollte ich sowieso nicht thematisieren.«

»Genau, tu das nicht«, stimmte sie mir zu. »Mach bloß nicht so eine Jammerpredigt nach dem Motto, wozu das Weihnachtsfest verkommen ist. Das weiß sowieso jeder. Aber keiner hat eine Idee, wie man es besser machen kann.«

»Doch, schon«, warf Marius ein. »Man muss sich besinnen.«

Wir sahen ihn beide abwartend an. »Besinnen? Worauf?«, fragte Ruth schließlich.

»Was auch immer«, erwiderte Marius schulterzuckend. »Aber das Stichwort kommt doch immer vor. Zur Ruhe kommen und sich besinnen. Auf das Kind in der Krippe zum Beispiel.«

Ruth rollte mit den Augen. »Das wird schon der Alliteration wegen so gern zitiert. Genau wie ›Fest der Familie‹. Und der ›moderne Mensch‹ natürlich.«

»Oder ›Kommerz und Konsum‹ wie gesagt«, fügte Marius spöttisch hinzu. »Nicht zu vergessen, dass in früheren Zeiten natürlich alles besser war. Denkt nur an die leuchtenden Kinderaugen und den Plätzchenduft, der durchs Haus zieht. Der Gänsebraten. Der Gabentisch. Das Schimmern der Kerzen.«

Ich sah ihn kritisch an. »Kann es sein, dass ich da einen gewissen Sarkasmus heraushöre?«

»Das kann sein«, brummte er. »Das finde ich inzwischen sehr nervig. Das Einzige, was noch schlimmer ist, sind diese ständigen Zitate. ›Wie Lieschen Müller einmal sagte‹ – wenn ich das höre, tendiere ich schon zum Abschalten.«

»Geht mir ähnlich«, sagte Ruth. »Aber wie bereits Martin Luther auf seiner Homepage schrieb: ›Willst du etwas gut begründen, musst du ein Zitat erfinden.‹«

»Hm«, machte ich und sah mir meine Liste an. »Bisher habe ich nur Stichworte dazu, was ich vermeiden soll. Ich weiß nicht, ob mir das viel nützt.« Aber leider war jetzt unsere Pause vorbei und wir gingen zurück an die Arbeit.

Das hatte mir nicht wirklich weitergeholfen. Stattdessen wälzte ich einige Bibelkommentare, las mindestens ein Dutzend Weihnachtspredigten im Internet und druckte mir weitere aus, um darin interessante Passagen anzustreichen. Auf was hatte ich mich da bloß eingelassen? Wenn man bedenkt, dass wir seit zweitausend Jahren Weihnachten feiern – und das in unzähligen Kirchen und Gemeinden auf der ganzen Welt –, dann wurde vermutlich schon alles zum Thema gesagt, was irgendwie vorstellbar ist.

Aber ich biss mich durch und hatte tatsächlich zwei Tage vor Heiligabend meine Predigt fertig. Dafür hatte ich nur eine

Weihnachtsfeier abgesagt und auf die wöchentlichen Treffen mit meinen Badminton-Männern verzichtet, damit Birte mir nicht vorwerfen konnte, ich würde deshalb meine Familie vernachlässigen. Leider hatte ich die Verwendung mehrerer Zitate nicht verhindern können, denn sonst hätte ich mich des Plagiats schuldig gemacht. Aber irgendwie musste ich es ja hinkriegen – und ich bin schließlich Techniker und kein Theologe.

Ich druckte die Predigt aus und steckte sie in eine Klarsichthülle. Rechtzeitig vor dem Gottesdienst wollte ich sie noch mal durchgehen, aber jetzt brauchte ich erst mal eine Pause. Ich fuhr zum letzten Badminton-Termin des Jahres, besorgte endlich einen Weihnachtsbaum und kaufte ein Geschenk für Birte. Erleichterung machte sich in mir breit. Es war zeitlich doch knapper geworden als gedacht, aber ich hatte es geschafft. Alles konnte entspannt über die Bühne gehen.

Dachte ich. Am Morgen des Heiligabends wechselten Birte und ich uns damit ab, die Kinder zu hüten, den Weihnachtsbaum aufzustellen und zu schmücken, die Wohnung aufzuräumen und das Abendessen vorzubereiten, zu dem auch die Schwiegereltern eingeladen waren. Mein Plan war, die Predigt in der Zeit durchzugehen, in der Leon schlief, Birte unter die Dusche ging und Luise ausnahmsweise einen Mittagsschlaf machte, damit sie abends länger fit war.

Leider klappte Letzteres nicht so recht. »Ich kann nicht schlafen!«, verkündete Luise, als sie schon fünf Minuten später wieder nach unten getapst kam. »Ich hab Durst!«

»Dann hol dir was zu trinken!«, sagte ich etwas ungnädig und nahm mit einem Auge wahr, wie sie in die Küche ging. Dann hörte ich ein lautes Klirren.

»Mir ist das Glas hingefallen!«, schrie Luise erschrocken.

»Warte, ich komme!«, rief ich mindestens genauso erschrocken, aber da war es schon passiert: Sie war mit dem nackten Fuß in eine Scherbe getreten.

Die Wunde blutete stark. Ich setzte Luise auf den Küchentisch und versuchte, mir das Ganze anzusehen, aber sie wollte mich nicht an den Fuß lassen. Ihr Gebrüll alarmierte auch Birte, die damit mehr Glück hatte und befand: »Tja, dafür brauchen wir einen Arzt. Du musst mit ihr ins Krankenhaus fahren, Jens.«

»Ich?«, rief ich voller Panik. »Fahr du doch besser. Bei dir ist sie viel ruhiger.«

»Und du bleibst hier und stillst Leon, wenn er aufwacht?«, fragte sie zurück. »Nein, es hilft alles nichts. Das musst du machen.«

Also wickelten wir Luises Fuß in ein Handtuch und ich machte mich auf den Weg. In der Notaufnahme war einiges los. Offensichtlich waren wir nicht die Einzigen, die einen Unfall hatten oder an den Feiertagen krank waren. Wir mussten lange warten, bis wir drankamen, und in dieser Zeit schlief Luise auf meinem Schoß ein. Mühsam angelte ich mein Handy aus der Tasche und rief Birte an. »Das wird hier noch dauern«, erklärte ich ihr. »Ich werde dann mit Luise direkt in die Gemeinde fahren. Wir treffen uns da, okay?«

»Alles klar«, sagte Birte.

Ich hatte das Predigtmanuskript zwar mit ins Auto genommen, aber nicht ins Krankenhaus. Mit dem schlafenden Kind hätte ich viel Zeit gehabt, um mir meine Predigt noch mal in Ruhe durchzulesen. Denn inzwischen wusste ich schon gar nicht mehr genau, was ich alles geschrieben hatte. Aber ich war viel zu aufgeregt gewesen, um darüber nachzudenken. Und so blieb mir nichts, als zu warten, bis endlich ein Arzt Zeit für uns hatte.

Die Wunde musste zum Glück nicht genäht werden. Luise bekam einen dicken Verband und eine Tetanusspritze und wir durften gehen. Das wurde allerdings auch höchste Zeit. Um zehn vor fünf trafen wir im Gemeindehaus ein. Birte hatte für Luise andere Sachen mitgebracht und ging mit ihr nach unten, um sie umzuziehen. Ich bekam im Gegenzug das Baby in seiner Autoschale überreicht. Ich setzte mich vorn in die erste Reihe und holte die Blätter meiner Predigt aus der Hülle. Und bekam fast eine Panikattacke. Denn statt meines sorgfältig ausgearbeiteten Manuskripts hatte ich meine Liste mit Stichworten mitgebracht.

Was sollte ich denn jetzt tun? Es war nicht genug Zeit, um noch mal nach Hause zu fahren und den richtigen Text zu holen. Der Raum füllte sich zusehends. Sämtliche Gemeindemitglieder um mich herum nickten mir aufmunternd zu. Sie hatten ja keine Ahnung, dass ich gleich nicht mit wohlgesetzten Worten an das Lesepult treten würde, sondern mit nichts anderem bewaffnet als mit einer Liste von Begriffen, die man möglichst nicht in einer Weihnachtspredigt verwenden sollte.

Ich schloss die Augen und schickte ein Stoßgebet zum Himmel. *Gott, du kennst meine Lage. Es tut mir leid, aber ich werde heute einen Gottesdienst versauen, zu dem wir so viele Gäste haben wie sonst nie im Jahr. Bitte hilf mir, dass ich das mit möglichst wenig Peinlichkeit durchziehen kann.*

Birte und die frisch gewandete Luise kamen zurück und setzten sich neben mich. Leon blinzelte noch ein wenig, bevor ihm schon während des musikalischen Vorspiels die Augen zufielen. Bernd und Juliane lasen im Wechsel Texte aus Jesaja vor. Die Gemeinde sang ein Weihnachtslied. Dann war ich an der Reihe.

Mit klopfendem Herzen ging ich zum Lesepult und breitete meine Liste mit all den gesammelten Stichworten aus. »Liebe Gemeinde!«, begann ich. »Mit der Vorbereitung dieser Predigt habe ich schon Ende November angefangen. Ich wollte es gut machen und altbekannte Klischees vermeiden. Ich wollte weder über die Kommerzialisierung des Weihnachtsfestes sprechen noch über den Stress der Vorbereitungen auf das Fest. Ich wollte oft benutzte Formulierungen vermeiden wie ›leuchtende Kinderaugen‹ oder die Forderung, sich auf das Kind in der Krippe zu besinnen. Ich hatte mir alles ganz genau überlegt und geplant, denn ich nehme es ernst, wenn mir die Gemeinde eine solche Aufgabe anvertraut.

Und dann kam alles ganz anders. Unsere kleine Tochter hatte einen Unfall und musste ins Krankenhaus. Wir haben es gerade noch pünktlich hierher geschafft, und ich habe meine Predigt nicht vor mir liegen, sondern zu Hause auf dem

Schreibtisch.« Ich nahm wahr, wie Birte bestürzt die Augen aufriss.

»Aber das ist nicht schlimm«, fuhr ich fort. »Denn während ich gerade da vorne saß und überlegte, was ich denn jetzt machen soll, ist mir etwas klar geworden. In der Predigt, die ich euch heute halten wollte, hatte ich viele kluge Sachen zusammengefasst, die andere gesagt haben. Das kann ich jetzt nicht. Ich kann euch nur meine ganz persönliche Sicht von Weihnachten beschreiben. Aber vielleicht ist das genau das, worauf es ankommt – dass wir uns das wieder ganz persönlich fragen.

Zu Weihnachten feiern wir die Geburt von Jesus. Aber wieso tun wir das? Ich erinnere mich sehr gut an die Geburten meiner Kinder, an die Sorgen, ob alles gut gehen wird, und an die unbeschreibliche Freude über diese kleinen Wesen. Mit ihnen fängt etwas ganz Neues an, das nie mehr rückgängig zu machen ist. Das ganze Leben verändert sich. Für immer.

Das tat es auch damals in Bethlehem. Und zwar nicht nur für Maria und Josef, sondern für die ganze Welt. Denn wie Maria vorher von einem Engel gesagt wurde, war dies nicht nur ihr Kind, sondern auch Gottes Kind. Die himmlischen Heerscharen, die den Hirten auf dem Feld erschienen, bestätigten das. Für mich heißt das: Gott fing mit diesem Kind etwas ganz Neues für diese Welt an und – weil ich davon überzeugt bin, dass Jesus immer noch lebendig ist – es dauert bis heute an.

Das ist der Grund, weshalb ich Weihnachten feiere: weil Gott mit dieser Geburt ein neues Kapitel mit den Menschen aufschlägt. Natürlich gehören der Tod und die Auferstehung Christi untrennbar dazu. Dadurch haben wir Gnade bei Gott gefunden. Das glaube ich. Das feiere ich heute. Mehr habe ich nicht dazu zu sagen. Amen.«

Ich sammelte meine Blätter wieder ein und ging zu meinem Platz zurück. Sofort krabbelte Luise auf meinen Schoß, gleichzeitig spürte ich, wie Birte meine Hand drückte. Während sich der Chor für ein Lied aufstellte, flüsterte sie mir zu: »Das war viel besser als die Predigt auf deinem Schreibtisch!«

»Die hast du gelesen, ohne mich zu fragen?« Ich sah sie empört an. Aber wirklich böse war ich ihr deswegen nicht. Denn ich glaube, sie hatte recht.

Heiligabend-Bingo

Lesezeit: ca. 1 Minute

Mit den Stichworten von Jens' Liste hat seine Kollegin Ruth ein kleines Bingo-Spiel zusammengestellt, das auch für Erwachsene das Warten verkürzt und die Aufmerksamkeit erhöht.

Kommerz	In früheren Zeiten	Fest der Familie	Hektik unserer Zeit
Gänsebraten	Der moderne Mensch	Kind in der Krippe	Weihnachts-märkte
Leuchtende Kinderaugen	Zur Ruhe kommen	Geschenke auf dem Gabentisch	Brennende Kerzen
Wie schon ... sagte	Plätzchenduft	Sich besinnen auf...	Zu ... ver-kommen

Was man damit machen kann: kopieren, mit in die Kirche nehmen und bei dem entsprechenden Stichwort das Feld durchstreichen. Wer waagerecht, senkrecht oder diagonal eine Reihe komplett hat, darf aufstehen und »Fröhliche Weihnachten« rufen.

Bethlehem – der Film

Lesezeit: ca. 6 Minuten

Der Zug ratterte durch eine regenverhangene Landschaft. Anke hatte sich zwar vorgenommen, ein Fachbuch für ihr Hauptseminar im nächsten Semester zu lesen, aber irgendwie konnte sie sich nicht recht konzentrieren.

Bisher war der Platz neben ihr frei geblieben, aber bei diesem Halt war ein Mann eingestiegen, der sich jetzt neben sie setzte. Er schob seinen Aktenkoffer unter den Sitz und holte sein Handy hervor. So weit nichts Besonderes.

Aber als sie ihn verstohlen von der Seite musterte – man musste doch wissen, wer da neben einem saß –, kam er ihr bekannt vor. Und sie wusste auch schnell wieso.

»Verzeihung, ich muss Sie das einfach fragen«, sagte sie. »Sind Sie vielleicht der Regisseur Stefan Bergspiel?«

Der Mann nickte überrascht. »Sie kennen mich?«

»Na klar!«, rief Anke begeistert. »Ich bin ein absoluter Kinofan. Ich vermute, ich hab all Ihre Filme gesehen, von ›S. T. – der Unterirdische‹ über ›Der heiße Brei‹ bis ›Urspassig Park‹.«

Stefan Bergspiel lächelte geschmeichelt. »Wow, Sie müssen ja ein echter Kinofan sein. Oder haben Sie beruflich damit zu tun?«

Anke schüttelte den Kopf. »Nein, reines Hobby. Ich bin Studentin.«

»Und was studieren Sie? Medienwissenschaften vielleicht?«

Jetzt musste sie lachen. »Oh nein, völlig falsch. Ich studiere an einer Theologischen Fachhochschule. Ich möchte Pastorin werden.«

»O je«, sagte er mit einem kleinen Seufzer. »Ich hoffe, Sie werden mir nicht jetzt gleich vorschlagen, ich soll die Bibel verfilmen? Das machen diese Frommen gern. Nur leider will ja keiner mehr solche Monumentalschinken sehen.«

»Meinen Sie wirklich?«, fragte sie zurück. »Dabei kommt in der Bibel so ungefähr alles vor, was uns Menschen persönlich betrifft.«

Er nickte mit einem etwas herablassenden Gesichtsausdruck. »Natürlich, das müssen Sie jetzt sagen. Aber seien wir doch mal ehrlich, für einen modernen Menschen ist dieser ganze Krempel doch völlig überholt. Wen interessiert denn schon, was vor ein paar Tausend Jahren irgendwelche Kameltreiber erlebt haben?«

Anke zuckte mit den Schultern. »Tja, wenn Sie das so sehen wollen ... Was planen Sie denn gerade so?«

»Ich bin momentan auf der Suche nach einem guten Drehbuch«, erwiderte er. »Wissen Sie, was Lebensnahes, aber mit einem Schuss Exotik.

Und auf keinen Fall diese Herz-Schmerz-Filme aus Cornwall, die immer gut ausgehen, verstehen Sie?«

Anke lachte. »Ja, die sieht meine Mutter sich gerne am Sonntagabend an.« Sie zögerte eine Sekunde und fragte dann: »Wie würde Ihnen zum Beispiel ein Stoff gefallen, der im Nahen Osten spielt?«

»Krisengebiete kommen immer gut an«, sagte er. »Zumindest Filmpreis-Jurys lieben so was.«

»Ich denke in diesem Fall an ein Land, das von einer fremden Großmacht besetzt ist.«

Stefan schürzte nachdenklich die Lippen. »Kein schlechter Ansatz. Da steckt eine verwertbare Grundproblematik drin. Trotzdem brauchen wir natürlich eine Handlung im Vordergrund, die von individuellen Personen getragen wird. ›Human Interest‹, wenn Sie wissen, was ich meine.«

»Oh, ich verstehe Sie sehr gut«, versicherte Anke. »Stellen Sie sich ein junges Mädchen vor! Schwanger von einem Unbekannten. Ihr Freund überlegt schon, mit ihr Schluss zu machen, wird aber durch die politischen Umstände gezwungen, sich mit ihr auf eine Reise zu begeben ...«

»Ein Roadmovie!«, fiel er ihr ins Wort. »Das wollte ich immer mal drehen! Die beiden sind also unterwegs und haben eine Beziehungskrise? Klingt nach einem super Konflikt! Warten Sie! Ich mache mir direkt mal ein paar Notizen.« Er griff nach seinem Aktenkoffer und holte einen Notizblock heraus. »Schwanger ... unterwegs. Staub und Wüstenhitze – ich sehe es schon vor mir. Wie könnte sich denn die Krise zuspitzen? Haben Sie eine Idee?«

Sie nickte. »Wie wäre es, wenn die beiden nach einer mühevollen Reise in einer menschenunwürdigen Unterkunft landen und die Wehen setzen ein? Und es ist niemand da außer ein paar zwielichtigen Typen, die draußen herumlungern?«

Stefan kritzelte eifrig. »Das ist schon gut, aber es müsste noch eine konkrete Gefahr hinzukommen. Vielleicht könnten diese fiesen Typen sie ausrauben oder so?«

»Ich hätte einen anderen Vorschlag«, sagte Anke. »Was wäre denn, wenn ein neurotischer Machthaber von seinen Beratern eingeflüstert bekommt, dieses Baby wäre ein zukünftiger Superheld, und deshalb will er es umbringen? Die drei müssen flüchten … da wären durchaus auch ein paar tolle Action-Szenen drin.«

Er schüttelte staunend den Kopf. »Sie sollten Drehbuchautorin werden! Superheld! Damit kommt auch eine übernatürliche Komponente rein. Das lieben die Zuschauer im Augenblick! Nur bitte keine Vampire oder Werwölfe, das hängt inzwischen allen zum Hals raus. Das ist so ›Last Century‹, wenn Sie wissen, was ich meine.«

»Klar, ich verstehe«, antwortete Anke. »Ich hatte auch eher an Engel gedacht.«

»Engel?«, wiederholte er. »Junge Frau, Sie sind wirklich kreativ! Aber vielleicht liegt das auch nahe. Wenn man bedenkt, dass das Geschäft mit Schutzengeln boomt wie blöd … Engel! Geil! Was meinen Sie: ein spezieller Engel oder gleich ganz viele?«

»Mehrere«, sagte Anke. »Die Nacht ist erleuchtet und voller Musik.«

»Musik!«, notierte er. »Hervorragend! Ich sehe es geradezu vor mir … Vielleicht könnte ich David Garrett bekommen.

Das wäre ein Ding! Mit einer goldenen Geige schwebt er vom Himmel runter, in einem Wirbel von Sternenstaub. Das wäre doch was, oder?«

»Wenn Sie meinen ... Ist das nicht zu kitschig?«, gab sie zu bedenken.

Aber Stefan Bergspiel war jetzt in Fahrt. »Ach was, man muss es nur richtig inszenieren! Tolle Anregungen haben Sie da! Ich werde gleich morgen mein Drehbuchteam darauf ansetzen. Wenn das ein Erfolg wird, sehe ich direkt schon die Fortsetzung: Der Superheld wird erwachsen und rettet die Welt. Können Sie sich das vorstellen?«

»Auf jeden Fall«, sagte Anke.

»Das ist ganz großes Kino!«, schwärmte er und klopfte auf seinen Notizblock. »Unglaublich. Unterwegs bekommt man doch immer die besten Ideen. Junge Frau, Sie müssen mir unbedingt Ihre Telefonnummer geben. Wenn wir diesen Film machen, lade ich Sie zur Premiere ein – und in die Credits kommen Sie natürlich auch. Ich sehe es schon vor mir – das wird der Weihnachtsfilm der nächsten Saison! Mit Engeln! Genial!«

Anke nickte. »Der Weihnachtsfilm schlechthin!«, bestätigte sie fröhlich.

Stefan Bergspiel sammelte sich wieder. »Sie müssten mir natürlich eine schriftliche Erklärung geben, dass das alles ihre Idee ist und sie das nicht woanders her haben.«

Jetzt musste sie bedauernd seufzen. »Tut mir leid, das kann ich leider nicht. Das steht alles schon in einem Buch drin.«

Er sah sie empört an. »Und das sagen Sie mir erst jetzt? Wie heißt denn das Buch? Vermutlich wird es ein Vermögen kosten, die Filmrechte zu bekommen, aber versuchen kann ich es ja mal.«

»Das glaube ich nicht«, meinte Anke. »Was da drinsteht, ist für jeden frei. Wissen Sie was? Ich hab es bei mir und schenk es Ihnen.« Sie begann, in ihrem Rucksack zu kramen.

»Das ist ja nett von Ihnen«, sagte er und griff nach dem Buch, das sie ihm reichte. »Moment – das ist ja eine Bibel! Ach, ihr Frommen seid alle gleich. Sie wollen also auch, dass ich die Bibel verfilme.«

Sie hielt seinem vorwurfsvollen Blick stand. »Aber die Geschichte hat Ihnen gefallen, geben Sie's zu.«

»Ja, schon«, musste er eingestehen. »Aber wenn die Leute heutzutage das Stichwort ›Bibel‹ hören, dann machen sie gleich dicht. Das ist doch nicht mehr zeitgemäß.«

»Ich verstehe gar nicht, warum«, sagte sie ruhig. »Wieso liebt das Publikum alles Paranormale, wenn es bloß nichts mit Glauben und Christsein zu tun hat? Warum wollen alle einen Superhelden, aber um den Superhelden Jesus machen sie einen Riesenbogen? Für mich gibt es den immer noch, wissen Sie – auch wenn man ihn nicht sehen kann.«

Stefan Bergspiel wand sich ein wenig. Sie merkte ihm das Unbehagen an. »Tja, wie ich schon sagte … vielleicht ist das einfach nicht mehr das Richtige für heutige Menschen. Die wollen nicht irgendwelche langweiligen Gottesdienste auf harten Kirchenbänken …«

»Aber das müssen sie auch gar nicht«, unterbrach Anke ihn mit blitzenden Augen. »Es gibt inzwischen auch ganz zeitgemäße Formen und Menschen, die in moderner Sprache so predigen, dass es die Leute erreicht.«

»So jemand wollen Sie sein, stimmt's?«, fragte er.

Sie nickte. »Ich möchte zeigen, dass die Bibel kein verstaubter historischer Roman ist, sondern dass darin Sachen stehen, die uns auch heute noch angehen. Und Sie könnten mir dabei helfen, Herr Bergspiel, wenn Sie darüber einen Film drehen würden, der das Publikum anrührt.«

Er schaute nachdenklich an ihr vorbei aus dem Fenster, wo es nach wie vor auf die Landschaft regnete. »Sie meinen, ich kann das? Sie merken doch, ich habe keine Ahnung, was da drinsteht.«

Sie wies auf das Buch in seiner Hand. »Das lässt sich ja ändern«, schlug sie vor. Sie griff nach ihrem Rucksack. »Ich muss jetzt aussteigen. Alles Gute, Herr Bergspiel, vielen Dank für das interessante Gespräch – und fröhliche Weihnachten!« Sie stand auf und trat in den Gang.

»Moment!«, rief er ihr nach und schwenkte die Bibel. »Das kann ich unmöglich komplett durchlesen!«

»Dann fangen Sie bei Lukas an!«, riet sie ihm lachend.

Er nickte und wandte sich seufzend dem Inhaltsverzeichnis zu.

Weihnachten mit Tante Gertrud

Lesezeit: ca. 6 Minuten

Als ich meiner Familie am Abendbrottisch die Mitteilung machte, ahnte ich schon, dass sie nicht auf ungeteilte Begeisterung stoßen würde. »Ich habe gerade mit meiner Schwester Andrea telefoniert, und es sieht so aus, dass Tante Gertrud dieses Jahr Weihnachten bei uns feiert.«

Hartwig sah mich schockiert an. »Wie kommt denn das, Claudia? Die ist doch sonst immer zu denen gekommen, weil sie quasi um die Ecke wohnt!«

»Andreas Schwiegermutter ist nicht gut dran. Deshalb fahren sie über die Feiertage zu Christians Eltern in den Schwarzwald, da kann Tante Gertrud nicht mit.«

Maren zog die Stirn in Falten. »Wer ist überhaupt Tante Gertrud?«

»Die Schwester von meiner Mutter, eurer Oma Gerlind.«

»Aber Oma Gerlind ist doch tot! Und Opa Gerd auch!«

»Stimmt schon, aber Tante Gertrud lebt noch. Und deswegen ist sie immer noch meine Tante und sollte Weihnachten nicht allein verbringen müssen.«

Wiebke knuffte ihre jüngere Schwester in die Seite. »Tante Gertrud ist die alte Frau, die mir im Frühjahr ein Lexikon zur Konfirmation geschenkt hat statt Geld.«

Marens Gesicht verzog sich in blankes Entsetzen. »DIE? Die so laut mitgesungen hat in der Kirche, dass sich alle nach ihr umgesehen haben? Mann, das war so peinlich!«

»Jup, genau die«, bestätigte Wiebke. »Und die kommt Weihnachten? Wo soll die denn wohnen?«

Ich wappnete mich schon mal gegen Proteste und Wehklagen. »Tja, ich denke, in deinem Zimmer. Für die zwei Nächte kannst du doch sicher mal mit Maren zusammen …«

»Auf keinen Fall!«, unterbrach meine Tochter mich kategorisch. »Das mache ich nicht.«

»Aber du möchtest dir sicher auch nicht mit Tante Gertrud das Zimmer teilen, oder?«

»Nein!«, rief sie entsetzt. »Da lege ich mir lieber eine Matratze in dein Arbeitszimmer und schlafe da.«

»Mein Arbeitszimmer?!?« Ich musste zugeben, der Vorschlag traf mich überraschend. Denn mein Arbeitszimmer war immer mein Rückzugsort, mein sicherer Hafen, und gerade wenn unser Familienleben durch Tante Gertrud empfindlich aufgemischt zu werden drohte, wäre es gut, einen ruhigen Platz zu haben. »Aber das brauche ich …«

»Ach, komm schon, Mama, du wirst bestimmt an den Feiertagen keine Klausuren korrigieren!«

»Ich will auch nicht, dass Wiebke in meinem Zimmer schläft«, mischte sich Maren ein. »Die hat die halbe Nacht das Licht an und stört mich.« Sie rollte nachdenklich mit den Augen. »Ist die Tante Gertrud dann auch bei der Bescherung mit dabei?«

»Natürlich!«, sagte Hartwig griesgrämig. »Wir können sie ja wohl schlecht so lange in die Küche setzen, oder?«

»Nein, das geht nicht«, stimmte Maren ihm zu. »Und müssen wir ihr auch was schenken?«

»Ich denke, wir machen ihr als ganze Familie ein Geschenk«, schlug ich vor. »Vielleicht ein Buch oder so.«

»Gute Idee«, meinte Hartwig. »So alte Menschen haben doch sowieso schon alles.«

»Wie alt ist sie denn?«, fragte Wiebke.

»Lass mich nachrechnen«, sagte ich. »Sie ist drei Jahre älter als unsere Mutter, und die wäre jetzt 74.«

»Also 77«, fasste Wiebke zusammen. »Und die hat selbst keine Kinder, mit denen sie Weihnachten feiern kann?«

»Sie hat nie geheiratet«, antwortete ich. »Sie hat damals das Lebensmittelgeschäft von meinem Opa übernommen und das auch weitergeführt, bis sie beinahe siebzig war. Und sie war immer sehr aktiv in der Kirche.«

»Deswegen singt sie bestimmt die Lieder so laut mit«, meinte Maren. »Und wann kommt die? Hat die ein Auto?«

»Ich glaube nicht«, sagte ich. »Vermutlich muss einer von uns sie am Morgen von Heiligabend abholen und am zweiten Feiertag wieder zurückbringen.«

»Das werde wohl ich sein«, sagte Hartwig missmutig. »Ich denke, eine Stunde pro Strecke muss ich dafür einplanen.«

Maren riss bestürzt die Augen auf. »Aber dann können wir am Vormittag ja gar nicht wie immer den Weihnachtsbaum schmücken!«

»Nee, das müssen wir dann mal am Abend vorher machen«, erklärte ich und erntete dafür unzufriedene Mienen.

»Aber das Fondue am Heiligabend bleibt doch, oder?«, wollte Wiebke wissen. »Das ist immer so gemütlich!«

»Natürlich, das machen wir auch mit Tante Gertrud«, versicherte ich.

»Auch wenn wir nur acht Piker haben?«, gab Maren zu bedenken.

»Das ist ja wohl das kleinste Problem«, sagte ich. Es klang zuversichtlicher, als ich mich fühlte. Denn auch ich empfand, dass dieser ungeplante Besuch unser gewohntes Programm ziemlich durcheinanderbrachte. Wenn ich sogar auf mein Zimmer verzichten musste ... Aber da würden wir irgendwie durchkommen.

Ich kaufte also zusätzliche Fonduespieße und besorgte einige Kleinigkeiten als Geschenk für Tante Gertrud. Ich telefonierte mit meiner Schwester, um mich über die Lebens-, Ess- und Schlafgewohnheiten der Tante zu informieren. »Du, eigentlich ist die ziemlich unproblematisch«, versicherte Andrea mir. »Sie trinkt gern ein Glas Rotwein und legt Wert darauf, dass irgendwann die Weihnachtsgeschichte nach Lukas gelesen wird. Ansonsten wirst du keine Schwierigkeiten mit ihr haben, Claudia.«

»Wollen wir's mal hoffen«, sagte ich.

Der Anruf kam einen Tag vor Heiligabend. Wiebke und ich hatten gerade gemeinsam ihr Zimmer sauber gemacht, das Bett für Tante Gertrud frisch bezogen und wollten jetzt die

Gästematratze aus dem Keller holen, als Hartwig uns aufhielt. »Kommando zurück. Tante Gertrud kommt nicht.«

»Wieso denn das?«, fragten wir beide gleichzeitig.

»Sie hatte eine Nierenkolik und musste ins Krankenhaus. Die wollen sie über die Feiertage zur Beobachtung dabehalten.«

»Oh, die Arme«, sagte ich. Es wäre aber gelogen, wenn ich behaupten würde, ich wäre nicht auch ein bisschen erleichtert gewesen.

Wiebke empfand das ähnlich. »Dann kann nun doch alles so ablaufen wie immer?«

»Es bleibt alles beim Alten«, stimmte Hartwig ihr zu.

Also kein Matratzenlager in meinem Arbeitszimmer, keine langen Fahrten an den Feiertagen, keine Notwendigkeit für zusätzliche Plätze und Fonduespieße beim Abendessen – und der Baum wurde von uns allen zusammen am Morgen geschmückt. Wie immer gingen wir gemeinsam zum traditionellen Weihnachtssingen in der Musikschule und machten danach die Bescherung. Schließlich war das Wohnzimmer wie gewohnt übersät mit buntem Geschenkpapier. Nur auf dem Sideboard lagen noch die drei ungeöffneten Päckchen, die Tante Gertrud zugedacht gewesen waren.

Maren bemerkte sie zuerst. »Arme Tante Gertrud«, sagte sie. »Die liegt jetzt ganz allein im Krankenhaus.«

Auch Wiebke nickte mitleidig. »Wir könnten doch jetzt die Weihnachtsgeschichte lesen, so wie sie das gern wollte«, schlug sie vor. »Dann denken wir wenigstens mal an sie.«

»Ich kann auch mit einem Glas Rotwein an sie denken«, scherzte Hartwig, aber dann holte er Wiebkes Konfirmationsbibel aus dem Regal und schlug das Lukasevangelium auf. Er begann, die altbekannte Geschichte in einer moderneren Übersetzung vorzulesen. Mir fiel auf, dass beide Mädchen intensiv zuhörten.

Wie jedes Jahr war es Hartwigs Aufgabe, den Fonduetopf zu heizen, während die Mädchen und ich den Tisch deckten und Soßen, Brot und das vorbereitete Fleisch aus der Küche holten. Auf Hartwigs Kommando durften wir alle unseren ersten Spieß in den Topf tunken, in dem es daraufhin heftig zu brodeln begann. Mir wurde bewusst, wie rasch sich solche Familientraditionen entwickeln und wie wichtig sie gerade für die Kinder sind.

Maren schien allerdings sehr nachdenklich zu sein. Als ich sie darauf ansprach, sagte sie: »Irgendwie ist das nicht richtig, dass wir es hier so schön zusammen haben, und Tante Gertrud ist ganz alleine.«

»Wir könnten sie doch morgen besuchen«, schlug Wiebke vor. »Dann freut sie sich bestimmt.«

»Wie kommst du denn auf die Idee?«, fragte Hartwig überrascht. »Du kennst Tante Gertrud doch kaum.«

»Nee, aber ich musste schon an sie denken, als du die Geschichte vorgelesen hast«, erwiderte sie. »Und plötzlich dachte ich: Uns geht es bei Weihnachten nur um unser eigenes Fest. So wie uns das gefällt. Aber eigentlich kommt es darauf gar nicht so an, oder?«

»Stimmt«, ergänzte Maren. »Für Jesus wär das gar nicht so wichtig. Der hatte es ja auch nicht sehr gemütlich in diesem dreckigen Stall: kein Weihnachtsbaum, keine Geschenke – die waren nicht mal in ihrem eigenen Zuhause.«

»Da hast du allerdings recht«, musste ich zugeben.

Wiebke nickte. »Wir regen uns auf, wenn nicht alles wie gewohnt läuft. Aber für Tante Gertrud ist das doch viel schlimmer. Vielleicht hat sie noch Schmerzen und niemand ist für sie da.«

Ich muss sagen, ich war schwer beeindruckt von meinen Töchtern. Ich sah Hartwig an. Er zuckte mit den Schultern und sagte etwas ausweichend: »Mal sehen, wie morgen das Wetter ist.«

Als wir alle pappsatt waren und den Tisch abgeräumt hatten, folgte der letzte Teil unserer Heiligabend-Tradition: Wir kuschelten uns unter ein paar Decken auf unserer großen Couch zusammen und schauten uns ›Ist das Leben nicht schön?‹ an. Das ist ja sowieso ein sehr emotionaler Film, aber dieses Mal berührte er uns alle ganz besonders. Sogar Hartwig musste sich irgendwann verstohlen die Augen wischen.

»Und wie geht das jetzt morgen weiter?«, fragte Wiebke, als wir den Fernseher ausgeschaltet hatten.

Hartwig und ich wussten beide, was sie meinte. Liebevoll legte er seiner Großen den Arm um die Schulter. »Ich schlage vor, wir fahren um elf Uhr los.«

Eberhard und der innere Störenfried

Lesezeit: ca. 6 Minuten

Weil er ein viel beschäftigter Mann war, gab Eberhard nur selten Interviews. Aber ab und zu musste es natürlich sein – schon aus Marketinggründen, wie ihm sein Verleger versicherte. Und wenn ein Journalist so bescheiden und von der Grandezza seiner Villa sichtlich beeindruckt vor ihm saß und gar nicht schnell genug all die klugen Sätze notieren konnte, die Eberhard auf seine Fragen hin von sich gab, dann war es auch nicht so eine Zumutung, seine kostbare Zeit in solche Nebensächlichkeiten zu investieren. Zudem war das Jahr fast zu Ende und er hatte seinen umfangreichen Arbeitsplan sehr erfolgreich abgearbeitet.

»Ich fasse noch mal zusammen«, sagte der blasse junge Mann und schob nervös seine Brille auf die Nasenwurzel zurück, »Sie haben BWL studiert und eine Weile im Telemarketing gearbeitet, bevor Sie auf das Thema Persönlichkeitsentwicklung gestoßen sind. Vor sechs Jahren erschien dann Ihr erstes Buch über den inneren Störenfried – und mit ihm kam auch der Erfolg.«

»Ganz recht«, sagte Eberhard geschmeichelt. Der Bursche hatte sich doch gut auf das Interview vorbereitet. »Sehen Sie, dieser ganze Kram mit dem inneren Kind und dem inneren Team – das ist ja gut und schön, aber viel zu weichgespült.

Letztlich geht es doch darum, dass wir diese innere Stimme wahrnehmen, die uns davon abhalten will, unser Kraftpotenzial voll auszuschöpfen und erfolgreich zu sein.«

»Und diese Stimme ist der Störenfried?«

»Ganz genau. Der will uns nämlich daran hindern. Er gönnt uns den Erfolg nicht, den wir verdient haben, wenn wir mit ganzer Kraft und Konsequenz darauf hinarbeiten. Deswegen gilt es, diese Stimme zu identifizieren und ihr mit einer gezielten Strategie entgegenzuwirken. Genau hinhören und dann reagieren. Das ist das Konzept meiner Bücher.«

Der junge Mann nickte und kritzelte eifrig auf seinen Block. »Und das praktizieren Sie selbst auch weiterhin?«

Eberhard lehnte sich auf dem Sofa zurück. »Jeden Tag! Eine Viertelstunde genügt. Ich setze mich in den Sessel, der speziell dafür in meinem Arbeitszimmer steht, und achte auf meinen Störenfried. Dann überdenke ich das, was er gesagt hat, und entwickle anschließend eine klare Strategie dazu. Das weist ihn in seine Schranken. Seitdem gibt es bei mir keine verplemperte Zeit mehr, keine ungeklärten Themen oder verschobene Entscheidungen. Alles liegt deutlich vor mir.«

»Bewundernswert«, sagte der Journalist. »Und jetzt arbeiten Sie an einem neuen Buch dazu?«

Eberhard lächelte gönnerhaft. »Das verrate ich Ihnen nicht, sonst steht das ja viel zu früh im ›Städtischen Merkur‹.«

Der junge Mann blickte erschrocken auf. »Oh nein, ich komme nicht vom Merkur. Ich schreibe für das Magazin ›Christ am Arbeitsplatz‹. Deshalb dreht sich auch meine letzte Frage darum, was Ihnen Weihnachten bedeutet. Es sind ja nur noch zwei Tage bis Heiligabend, da haben Sie sich doch gewiss mit dem Thema befasst.«

»Nun ja«, begann Eberhard etwas umständlich, denn genau das hatte er nicht getan. »Sehen Sie, Weihnachten wird ja allgemein überbewertet. Geschenke kaufen, kitschige Dekorationen und vor allem diese ganzen rührseligen Veranstaltungen! Das ist nicht mein Ding. Meiner Meinung nach ist der Kern des Weihnachtsfestes ein ganz anderer: dass man einmal richtig zur Ruhe kommt und zu sich selbst findet.«

»Zur Ruhe kommen«, murmelte der junge Mann, während er das aufschrieb. »Zu sich selbst finden. So darf ich Sie zitieren?«

»Aber ja«, sagte Eberhard würdevoll.

»Und werden Sie in dieser Zeit einen Gottesdienst besuchen oder sonst etwas tun, was mit einem religiösen Aspekt verbunden ist?«

»Davon gehe ich nicht aus.« Er setzte wieder ein gütiges Lächeln auf. »Sehen Sie, ich war früher in der Kirche. Hab sogar kirchlich geheiratet und die Kinder taufen lassen. Aber dann merkte ich, dass mir das alles nichts bringt. Und was nichts bringt, davon muss man sich trennen.«

»Hm. Nun gut.« Der junge Mann klappte seinen Block zu und erhob sich. »Dann will ich auch nicht weiter stören. Vielen Dank, dass Sie sich die Zeit genommen haben, und erholsame Feiertage.«

Eberhard begleitete ihn zur Haustür, vorbei an den gerahmten Plakaten im Flur, die seine Bücher bewarben: »Grenzen für den Störenfried«, »Keine Macht dem Störenfried« und natürlich das neuste Werk: »Frieden mit dem Störenfried«. Darauf war er besonders stolz, weil ein Rezensent der Wirtschaftswoche ihn dafür als »den neuen Dale Carnegie« bezeichnet hatte.

Er verabschiedete seinen Besucher, ging in sein Arbeitszimmer und schloss die Tür. Der Raum war sorgfältig isoliert, um ihm möglichst viel Ruhe zu verschaffen. Das brauchte er für seine Arbeit. Er setzte sich in seinen speziellen Sessel. Es war Störenfried-Zeit, wie an jedem Werktag kurz vor dem Mittagessen. Er streckte die Beine aus und schloss die Augen, wie immer.

Und dann hörte er die Stimme. »Eberhard, du solltest noch mal darüber nachdenken, was du gesagt hast.«

Hallo? War jemand im Raum? Er öffnete die Augen und sah sich um, aber da war niemand. Was immer er bisher über den Dialog mit dem inneren Störenfried geschrieben hatte – das hatte sich stets eher in Form von Gedanken oder Gefühlen abgespielt. Aber jetzt gerade hatte er eine richtig deutliche Stimme gehört!

Als es ruhig blieb, entspannte er sich wieder und machte erneut die Augen zu. Das war sicher eine Täuschung gewesen. So was konnte ja mal vorkommen.

Aber kurze Zeit später hörte er es wieder: »Eberhard! Ich möchte mit dir über Weihnachten reden!«

»Wer ist denn da?«, fragte Eberhard verwirrt. »Bist du der Störenfried? So hast du aber noch nie gesprochen!«

»Vielleicht bin ich ein Störenfried«, sagte die Stimme. »Für viele Menschen war ich das und bin es wohl auch heute noch.«

»Wer bist du denn?«, fragte Eberhard, jetzt ziemlich beunruhigt. Irgendetwas ging hier nicht mit rechten Dingen zu.

»Ich bin der, um den es bei Weihnachten geht. Ich bin der, der für euch Mensch geworden ist und von dem ihr nichts mehr wissen wollt.«

Jetzt wurde Eberhard wirklich nervös. »Du bist… Wie soll ich dich denn nennen? Jesus? Oder Christus? Oder der Herr?«

»Das ist mir ziemlich egal, Eberhard. Hauptsache, du weißt, wer ich bin.«

»Aber wieso … wieso redest du denn mit mir? Wieso jetzt? Und hier?«

»Weil du dir doch jetzt Zeit genommen hast, Eberhard.«

»Aber auf dich war ich nun wirklich nicht vorbereitet.«

»Ach was.« In der Stimme schwang ein Lächeln mit. »Du bist also bereit, auf einen Störenfried zu hören, der deinem eigenen Gedankenkonzept entspringt, aber dass der Sohn Gottes mit dir redet, das passt dir nicht in den Kram?«

Eberhard wand sich auf seinem Sessel. »Aber du redest doch sonst auch nicht mit Leuten!«

»Das weißt du doch gar nicht, Eberhard. Vielleicht rede ich nicht immer zu dem Zeitpunkt und auf die Weise, wie sie das wollen. Ich bin ja kein Automat.«

»Aber was willst du von mir?«

»Das sagte ich schon. Du sollst noch einmal überdenken, was du gesagt hast. Über mich.«

»Dass du mir nichts bringst?«, fragte Eberhard und stieß dann hervor: »Aber das stimmt doch auch!«

»Wirklich, Eberhard?«

»Na, mal ehrlich, meine Erfolge habe ich mir hart erarbeitet. Sag nicht, dass du mit meinen Buchtantiemen und den Honoraren für die Seminare und Vortragsreisen etwas zu tun hast.«

»Da hast du allerdings recht.«

»Na also. Während damals, als ich so darauf gehofft hatte, dieses Stipendium in London zu bekommen, da hast du mich hängen lassen! Dabei habe ich sogar dafür gebetet!«

»Eberhard«, sagte die Stimme. Sie klang freundlich, aber auch fest. »Es ist nicht meine Aufgabe, euch Wünsche zu erfüllen. Der Grund, weshalb ich Mensch wurde, ist ein ganz anderer. Daran wollte ich dich erinnern.«

»Im Konfirmationsunterricht haben sie dich Friedensstifter genannt«, fiel Eberhard ein. »Aber das funktioniert ja auch nicht so besonders in den letzten zweitausend Jahren.«

»Das stimmt wohl«, sagte die Stimme seufzend. »Nun liegt das leider auch daran, dass die Menschen immer wieder vergessen, warum ich gekommen bin. Ich bin nicht dazu da, um euch Erfolge zu verschaffen, sondern euch mit Gott zu versöhnen. Wenn ihr danach leben würdet, wäre der Frieden da.«

»Aber warum sagst du das denn nicht allen, Herr?«, rief Eberhard aus. »Mit mir zum Beispiel redest du heute zum ersten Mal!«

»Ich habe viele, viele Mitarbeiter auf dieser Erde, die das ständig tun«, erwiderte die Stimme. »Es ist natürlich nicht förderlich, dass auch die sich in Detailfragen nicht einig sind. Aber sie tun es seit zweitausend Jahren. Jedes Jahr gestaltet die Menschheit ein riesiges Fest zur Feier meiner Ankunft auf dieser Welt – und alles, was dir zum Beispiel daran wichtig ist, sind ein paar Tage, um zur Ruhe zu kommen?«

»Was soll ich denn deiner Meinung nach tun?«, fragte Eberhard kleinlaut.

»Denk einfach noch mal nach, Eberhard. Hör genau hin! Darin bist du doch gut.«

»Und dann?«, fragte Eberhard.

Aber die Stimme schwieg. Eberhard wartete und wartete, fragte erneut nach, aber er hörte nichts mehr.

Etwas ratlos sah er sich im Raum um. War das wirklich passiert? War er eingeschlafen und hatte überrealistisch geträumt? Er stand probeweise auf und stieß versehentlich gegen das Tischbein. Es tat weh. Also musste er wach sein.

Während er noch unschlüssig in seinem Zimmer stand, erklang ein bekanntes Geräusch: Sein Handy erinnerte ihn daran, dass Mittagszeit war. Immer noch ein wenig unsicher machte er sich auf den Weg ins Esszimmer, wo der Tisch bereits gedeckt war.

Seine Frau betrachtete ihn kritisch. »Ist irgendwas, Eberhard?«

Er machte eine abwehrende Handbewegung. »Ach, nichts. Ich denke nur über Weihnachten nach.«

»Ich habe auch nachgedacht«, sagte sie. »Und ich würde gern an Heiligabend in die Kirche gehen. Um 17 Uhr ist ein Gottesdienst mit Orgelmusik und dem Chor der Martinikirche.«

Eberhard sah sie überrascht an. »Wir sind seit Jahren nicht in der Kirche gewesen!«

»Ich weiß. Du musst auch nicht mitkommen. Ich wäre eine Stunde später wieder zurück. Aber ich würde das gern hören.«

Hören. Das war offensichtlich das Stichwort. Er lächelte seine Frau an. »Doch«, sagte er. »Ich würde gern mitkommen. Ich denke, ich möchte das auch hören.« Darin war er schließlich gut.

Der Nikolauskrieg

Lesezeit: ca. 8 Minuten

Eigentlich war die Besprechung der Gemeindeleitung mit den Arbeitsgruppen-Leitern schon fast vorbei; es mussten nur noch einige Termine abgesprochen werden. Vermutlich hatte Sven, der neue Kindergottesdienst-Leiter, auch keine Ahnung, was er lostrat, als er nicht nur verkündete, dass die diesjährige Weihnachtsfeier der Sonntagsschule am 6. Dezember stattfinden würde, sondern auch hinzufügte: »Deshalb wird Kai-Uwe zum Schluss als Nikolaus auftreten und die Geschenke verteilen. Weiß jemand von euch, wo wir ein Kostüm für ihn herkriegen?«

Das Gesicht von Annegret verfinsterte sich augenblicklich. »Nein, und wir brauchen das auch nicht. Wir hatten noch nie einen Nikolaus und werden auch dieses Jahr keinen haben.«

»Dass wir noch nie einen hatten, ist doch kein Grund«, widersprach Marcel. Im Gegensatz zu Annegret, die sich bereits in ihrer dritten Amtszeit befand, war er erst ein halbes Jahr im Leitungskreis und hatte sich vorgenommen, diese etwas konservative Truppe auf neue Wege zu führen.

Zusammen mit ihm war auch Claudia neu gewählt worden, die jetzt ein wenig kritisch ihren Blick zwischen den Teilnehmern der Besprechung hin und her schweifen ließ. »Was spricht denn dagegen?«, fragte sie.

»Es ist unbiblisch«, stellte Annegret kategorisch fest. »Und das fehlte noch, dass wir diese ganze katholische Heiligenverehrung sozusagen durch die Hintertür bei uns einschleppen.« Mit strengem Blick schaute sie in die Runde.

»Unbiblisch?«, wiederholte Karl mit einer abwinkenden Handbewegung. Er war als Vertreter des diakonischen Arbeitskreises anwesend und hatte bekanntermaßen ein weites Herz. »Annegret, dann dürften wir alle möglichen Dinge nicht anbieten: von deinen Kreativangeboten bis hin zu unserer neuen Laufgruppe. Genauer betrachtet steht noch nicht mal eine Weihnachtsfeier des Kindergottesdienstes in der Bibel, aber die machen wir schon quasi seit 1920, als die Gemeinde gegründet wurde.«

»Das ist ja wohl etwas anderes«, schaltete sich jetzt Rudolf ein, das vierte Mitglied der Gemeindeleitung. »Es ist sicherlich in Ordnung, immer wieder neue Wege zu gehen, um Menschen zu uns einzuladen. Aber ich bezweifle stark, ob es richtig ist, sich dieser kommerzialisierten Form von Weihnachten anzuschließen, die mit der ursprünglichen Aussage nichts mehr zu tun hat. Pastor Geldermann, was sagen Sie dazu?«

Der Pastor rieb sich nachdenklich das Kinn. »Es gibt offensichtlich Argumente dafür und dagegen«, sagte er bedächtig. »Ich schlage vor, dass wir alle noch mal darüber nachdenken und die Sache auf die Oktober-Sitzung vertagen. Das Thema ist zu komplex, um es heute abschließend zu behandeln.« Um das zu betonen, klappte er demonstrativ seine Mappe zu. »Lasst uns den Abend mit einer Gebetsgemeinschaft beenden.«

Sven verließ die Sitzung sehr unzufrieden. Er hatte sein Amt mit dem Ziel angetreten, frischen Wind in den Kindergottesdienst zu bringen, und jetzt fühlte er sich in einer Sache ausgebremst, die er überhaupt nicht für problematisch gehalten hatte. Noch am selben Abend rief er Kai-Uwe an und machte sich Luft.

Kai-Uwe war noch viel verärgerter als Sven. Er hatte sich bereits Gedanken über seine Rolle als Nikolaus gemacht und mochte die Vorstellung absolut nicht, dass ihm die Gemeindeleitung jetzt einen Strich durch die Rechnung machte. »Wenn die das verbieten«, verkündete er mit Nachdruck, »dann brauchen sie auch nicht mehr mit mir zu rechnen, wenn mal wieder kostenlose Reparaturen im Gemeindehaus fällig sind.«

Seine Frau Anke hatte seine Empörung mitbekommen und war schnell bereit, sie zu teilen, als Kai-Uwe ihr sehr emotional von der Nikolaus-Frage berichtete. Im Spielkreis am Donnerstagvormittag erzählte sie auch den anderen Müttern davon, war aber sehr überrascht, als zumindest eine von ihnen ihr nicht beipflichtete.

»Ein Nikolaus-Auftritt ist totale Angstmacherei!«, behauptete Dorothee. »Da kommt ein verkleideter Kerl und fragt, ob die Kinder auch lieb waren. Und wenn sie dann vor Angst schlottern, kriegen sie ein Geschenk. Das ist nicht die Pädagogik, die ich gutheiße.«

»Aber das ist doch eine wunderbare Tradition!«, widersprach ihr Maria, während sie ihren kleinen Sohn David in das Bällebad setzte. »Mir ist es wichtig, dass meine Kinder mit Dingen aufwachsen, die schon ihre Vorfahren kannten.

Wir verwenden auch immer noch den Baumschmuck meiner Großeltern.«

Auf der Stelle teilte sich die Gruppe der Krabbelkind-Mütter in zwei Lager, nämlich pro und kontra Nikolaus. Ähnlich erging es auch der restlichen Gemeinde. Pastor Geldermann stellte erstaunt fest, dass er von allen Seiten auf das Thema angesprochen wurde. »Da gibt sich der Sven solche Mühe für den Kindergottesdienst und dann werden ihm direkt Knüppel zwischen die Beine geworfen!«, sagte Frau Ulrich bekümmert zu ihm.

»Aber die Sache ist doch noch gar nicht entschieden!«, protestierte der Pastor. »Wir haben das Thema nur kurz angesprochen und wollen in der nächsten Sitzung darüber beraten.«

»Es ist ja wohl klar, wie ihr euch entscheiden werdet!«, polterte der alte Kurt Kerner. »Ich werde jedenfalls meinen Gemeindebeitrag für so einen Unfug nicht zur Verfügung stellen! Einen Nikolaus kommen lassen, ha! Wir sind doch kein Turnverein!«

Vorsichtig gab Pastor Geldermann zu bedenken, dass für den Auftritt keine Kosten entständen. »Kai-Uwe wird den Nikolaus spielen, und mittlerweile haben wir auch einen Nachbarn von Karl, der uns ein Kostüm samt Maske zur Verfügung stellt.«

»Darum geht's nicht!«, grummelte Kurt Kerner. »Ich weiß nicht, ob ich eine Gemeinde unterstützen möchte, die so theologisch fragwürdige Dinge durchgehen lässt. Was hätten wohl unsere Gründerväter dazu gesagt?«

»Das weiß ich nicht«, sagte Pastor Geldermann unerschrocken. »Was hätten sie denn dazu gesagt, dass jemand versucht, mit Spendenentzug zu drohen, wenn ihm mal eine Kleinigkeit nicht passt?«

»Das ist keine Kleinigkeit!«, erwiderte Kurt Kerner finster. »Wenn wir einen Nikolaus zulassen, dann gibt es womöglich nächstes Jahr einen Osterhasen statt einer Auferstehungsfeier – und am Ende wird aus unserer bibeltreuen Gemeinde ein Karnevalsverein zur Pflege von Frohsinn und Geselligkeit!«

»Nun mach mal halblang«, fiel Karl ihm ins Wort. »Du siehst Gefahren, wo gar keine sind. Gönn doch den Kleinen ihren Spaß und ihren Nikolaus. Das wird schon alles halb so wild werden.«

»Da machst du es dir wohl ein bisschen zu leicht!«, mischte sich Annegret ein, die sofort hinzugeeilt war, als sie das Stichwort »Nikolaus« aufgeschnappt hatte. »Wir Christen machen uns sowieso auf jede erdenkliche Weise der Welt gleich. Woran soll man uns denn noch unterscheiden? Wer verkündet denn noch das Wort von Jesus Christus, wenn alle Welt sich von solchen Äußerlichkeiten blenden lässt?«

»Ich sag's doch, es geht nur noch um Kommerz!«, stimmte Rudolf ihr zu. »Jeder will mit Weihnachten Geld verdienen und sogar wir unterstützen das mit dieser Sache!«

»Aber kleine Geschenke gab es immer schon in der KiGo-Weihnachtsfeier«, warf Frau Ulrich ein. »Der Kai-Uwe will die nur verkleidet verteilen.«

Aber damit hatte sie Rudolf genau in die Karten gespielt. »Ich war immer schon gegen diese inflationäre Schenkerei!«, verkündete er. »Zu Hause in unserer Brüdergemeinde gab es das nicht, dieses ganze Gewese mit Weihnachtsbaum und Geschenken und Krippenspiel!«

»Ja, und wenn man dich darüber reden hört, hat es den Anschein, als ob es dich heute noch ärgert, dass du das einzige Kind in der Klasse warst, das nichts zu Weihnachten kriegte«, bemerkte Karl.

»Ach was!«, knurrte Rudolf ihn an. »Das hat nichts mit mir zu tun, sondern mit der grundsätzlichen Ausrichtung in dieser Gemeinde.«

»Vielleicht müssen wir die ja mal auf den Prüfstand stellen!«, sagte Annegret. »Ich meine …«

»Aber nicht jetzt«, unterbrach sie Pastor Geldermann. »Das besprechen wir lieber in der nächsten Sitzung.«

Zu dieser Sitzung ließ Sven sich entschuldigen. Er müsse noch einmal grundsätzlich darüber nachdenken, ob er unter diesen Bedingungen das Amt als Leiter des Kindergottesdienstes ausüben könne. Seine eigenen Kinder seien schon ganz enttäuscht, dass die Gemeinde ihnen den Auftritt eines Nikolaus nicht gönne.

»Ich dachte, das sollte eine Überraschung sein!«, rief Marcel verwundert aus. »Und jetzt wissen sogar die Kinder das schon?«

»Das bleibt ja wohl nicht aus, wenn sich bereits die ganze Gemeinde darüber das Maul zerreißt!«, stellte Alfred fest, seines Zeichens Bereichsleiter Evangelisation und gerade erst braun gebrannt von einer Kreuzfahrt zurück. »Wie konntet ihr zulassen, dass dieses Thema so viel Raum in der Gemeinde einnimmt? Ihr hättet besser mal verstärkt auf die geplanten Gesprächsabende im November hingewiesen!«

»Na, das kannst du ja jetzt tun, nachdem du gut erholt aus dem Urlaub zurück bist«, versetzte Annegret säuerlich. »Geplant hatten wir das so sicherlich nicht. Lasst uns lieber darüber nachdenken, welche Position wir der Gemeinde gegenüber zu dieser Frage vertreten!«

Claudia meldete sich. »Dazu habe ich meinen Vetter Frank um eine Stellungnahme gebeten!«, verkündete sie. »Er studiert ja im dritten Semester am Theologischen Seminar, und ich dachte, er könne dazu vielleicht etwas Grundsätzliches beitragen.«

»Und was schreibt er?«, fragte Karl mit einem Kopfnicken in Richtung des Blattes, das sie in der Hand hielt.

»Nun ja, im Hinblick auf 1. Korinther 9 hält er es für durchaus vertretbar, einen Nikolaus im passenden Kontext auftreten zu lassen«, fasste Claudia zusammen. »Allerdings müsse man dabei sowohl die historische Figur des Nikolaus von Myra beleuchten als auch in einer kindgerechten Auslegung aufzeigen, dass das Verteilen von Geschenken nur eine Metapher dafür ist, dass Christus selbst sich dieser verlorenen Welt geschenkt hat. Er wäre gern bereit, dafür ein Konzept zu entwerfen und den Mitarbeitern zuzuschicken. Außerdem bietet er an, zu dem Termin herzukommen und dazu eine Powerpoint-gestützte Andacht zu machen, wenn wir die Spesen übernehmen.«

»Ich glaube, wir müssen keinen Studenten im dritten Semester einfliegen, um unsere KiGo-Weihnachtsfeier zu machen«, meinte Annegret.

»Außerdem wollen die dieses Jahr doch wieder das Stück über die Herdmanns einüben. Das ist schon lang genug«, fügte Marcel hinzu. »Und ich würde so etwas ungern über Svens Kopf hinweg entscheiden.«

»Selber schuld, wenn er nicht zur Sitzung kommt«, widersprach Rudolf. »Ich weiß gar nicht, wieso wir so viel Zeit mit diesem Gedöns verplempern. Wir haben doch wahrhaftig Wichtigeres auf der Agenda.«

»Wichtigeres als die Frage, wie wir einen Zwiespalt in der Gemeinde aus der Welt schaffen, wie wir unsere jungen Familien bei der Stange halten und einen wertvollen Mitarbeiter zurückgewinnen?«, fragte Pastor Geldermann zurück. »Ich glaube, ihr unterschätzt ein wenig, wozu sich diese Sache inzwischen entwickelt hat. Wir müssen dringend was unternehmen.«

»Wirklich?«, fragte Annegret erschrocken.

»Allerdings!«, rief Marcel. »Und ich denke, du bist diejenige, die sich da was einfallen lassen muss. Du hast mit deiner Ablehnung schließlich das ganze Theater heraufbeschworen!«

»Ich?«, schrie Annegret empört. »Was fällt dir ein? Seit zehn Jahren bin ich in dieser Gemeindeleitung, und wir hatten noch nie so ein Problem – und jetzt kommst du Grünschnabel daher und ...«

Auch Rudolf hatte einen roten Kopf bekommen. »Das Ganze zeigt nur, dass wir eine klare Führung brauchen! Statt uns mit diesen neumodischen Ideen herumzuschlagen, sollten wir endlich deutlich machen ...«

»Was heißt hier neumodische Ideen? Wir müssen uns der Gemeinde öffnen!«, forderte Marcel lautstark.

»Es wäre alles einfacher, wenn wir uns in erster Linie auf die Evangelisation konzentrieren würden!«, brüllte Alfred, um die anderen zu übertönen.

Pastor Geldermann schaute hilflos in die Runde, in der plötzlich jeder gleichzeitig seine Position zu vertreten versuchte, und bat: »Bitte, liebe Geschwister, unsere Tagesordnung … bitte beruhigt euch doch …«

Aber das war erst möglich, als Karl mit beiden Händen auf den Tisch schlug und in das Durcheinander hineindonnerte: »Genug!«

Erschrocken starrten ihn alle Anwesenden an.

»Was tun wir hier?«, fragte Karl in die Runde. »Habt ihr nur eine Sekunde lang daran gedacht, was Jesus dazu sagen würde?«

Betretenes Schweigen. »Ich schlage vor«, fuhr er fort, »dass wir jetzt für einen Moment in einem stillen Gebet vor Jesus kommen. Schaut auf das Kind in der Krippe und den Mann am Kreuz und versucht zu hören, worauf es ankommt. Dann können wir weiterreden.«

In diesem Jahr war die Weihnachtsfeier des Kindergottesdienstes so gut besucht wie noch nie. Vielleicht lag es daran, dass der gesamte Leitungskreis daran beteiligt war: Claudia hatte überall Plakate dafür aufgehängt, Marcel und Annegret jede Menge Weihnachtsplätzchen miteinander gebacken, Alfred hatte Sven beim Einstudieren des Weihnachtsstücks geholfen, und groß war die Begeisterung, als Kai-Uwe als Nikolaus erschien. Er hatte auf die Maske mit dem Bart verzichtet, sodass ihn auch die kleineren Kinder erkannten und keine Angst vor ihm hatten. Den größten Erfolg aber hatten seine Begleiter Rudolf und Karl, barfuß und in weiße Engelsgewänder gekleidet, die ihn beim Verteilen der Geschenke unterstützten. Nicht nur die Gemeinde-Eltern, auch Gäste bedankten sich zum Schluss für die lustige Feier und fragten an, ob ihre Kinder auch mal in den Kindergottesdienst kommen könnten.

Dann verliefen sich nach und nach die Besucher. Rudolf und Karl hatten sich wieder umgezogen und halfen Annegret, die Stühle für den nächsten Gottesdienst auszurichten. In der Küche klapperte das Geschirr, das Marcel und Sven in die Spülmaschine räumten.

Schließlich war der Saal aufgeräumt. Annegret schaltete die Lampen aus, bis er nur noch von den Lichtern des Weihnachtsbaums erleuchtet wurde. Rudolf musterte kritisch den Baum. »In Bethlehem hatten sie bestimmt auch keine Tanne«, behauptete er.

Er bemerkte, wie Annegret und Karl einen Blick tauschten. »Ich weiß«, sagte er und hakte sich lachend bei ihnen unter. »Darauf kommt es nicht an.«

Das Bein des Esels

Lesezeit: ca. 8 Minuten

Der Räumungsverkauf ist zu Ende. Jetzt stehe ich zum letzten Mal in meinem Laden, wo sich die Kunden in den letzten Tagen wie Aasgeier auf die reduzierten Artikel gestürzt haben. Die letzten unverkauften Artikel zusammenzupacken, fällt mir schwer. Aber es muss sein, denn direkt nach den Feiertagen beginnt der Umbau. Wo ich in den vergangenen 22 Jahren Porzellan und Kristallgläser verkauft habe, wird im neuen Jahr ein Brillengeschäft eröffnen, und ich kann froh sein, dass mir einer meiner ehemaligen Lieferanten eine Stelle im Einkauf angeboten hat.

Wie versprochen ist meine Cousine Monika zum Aufräumen gekommen. Seit vielen Jahren hat sie bei mir mitgearbeitet – zwei Nachmittage die Woche und am Samstagvormittag. Auch heute lässt sie mich nicht hängen, wenn es darum geht, die letzten Sachen einzupacken.

Ich rücke eine Trittleiter an die Wand und nehme die Vorhänge ab, die ich immer für die Weihnachtsdekoration verwendet habe. Aber weil ich etwas unkonzentriert bin, rutscht mir die Gardinenstange aus der Hand und poltert an einem Regal entlang auf den Boden.

»Nicht so stürmisch!«, lacht Monika und kommt herbei, um die Stange aufzunehmen, noch bevor ich von der Leiter geklettert bin. Dann bückt sie sich noch einmal und hebt etwas auf, was von Weitem wie ein Streichholz aussieht. »Hey, Regine! Guck mal! Weißt du, was das ist?«

Ich runzle die Stirn. »Ist das ein Splitter, der vom Regal abgebrochen ist?«

Sie schüttelt den Kopf. »Nein. Das ist das Bein des Esels. Du weißt doch, als diese Familie da war und das ältere Kind die Krippe umgeworfen hat?«

Oh ja, ich erinnere mich. Arrogante Yuppie-Eltern mit zwei schlecht erzogenen Kindern. Unsere teure handgeschnitzte Weihnachtskrippe, sorgfältig auf dem zentralen Ausstellungstisch dekoriert, die plötzlich durch die Gegend flog, während ich gerade ein komplettes Teeservice einpacken musste. Und als Krönung des Ganzen das Verhalten des Vaters, der sich strikt weigerte zu glauben, dass sein Kind eine Figur eingesteckt hat.

»Ich will gar nicht daran denken«, stöhne ich. »Und ich bin sicher, dass der Junge heimlich die Krippe mit dem Jesuskind geklaut hat.« Er hatte es zwar unter Tränen abgestritten, und seine empörten Eltern hatten einen Riesenaufstand gemacht, aber ich bin den Verdacht bis jetzt nicht los. Irgendwo muss sie doch geblieben sein!

Monika betrachtet das kleine Holzstück auf ihrer Handfläche. »Ob man das wohl wieder ankleben kann?«

»Ich hab den Esel weggeworfen«, sage ich scharf. »Genau wie den Rest der Sachen, denn ohne Krippe sind die nicht zu verkaufen. Ich wollte sie jedenfalls nicht mehr sehen.«

»Wieso denn das?«, fragt Monika und legt das winzige Bein auf die Theke, um sich wieder den Vasen zuzuwenden. »Du magst diese Krippen doch so sehr.«

»Ja, aber nur vollständig!« Ich weise mit einer umfassenden Geste auf die Reste meines Ladens. »Sieh dich doch um, was ich hier aufgeben muss! Mein halbes Leben habe ich in dieses Geschäft gesteckt – und jetzt kommen die Leute nur noch zum Gucken, bevor sie ihren Kram billiger im Internet bestellen!«

»Klar, das ist bitter«, sagt sie, es klingt jedoch nicht besonders mitleidig. »Aber die Zeiten ändern sich nun mal. Vielleicht ist dieses Eselsbein ein Symbol dafür.«

»Ein Symbol für was?«

»Dass man neue Wege gehen muss. Weißt du, Regine, ich konnte nie nachvollziehen, warum du dieses ganze altfränkische Zeug immer wieder anbietest. Das wird nicht mehr nachgefragt. Das merkst du doch auch.«

»Altfränkisches Zeug?«, wiederhole ich fassungslos. »Das ist noch echte Handarbeit im Gegensatz zu der chinesischen Massenware beim Discounter!«

»Das weiß ich«, sagt sie ungerührt. »Aber du musst dich halt damit abfinden, dass solche Sachen einfach out sind. Deswegen sind die Umsätze immer weiter in den Keller gegangen. Hast du nie darüber nachgedacht?«

»Ach«, rufe ich wütend. »Jetzt auf einmal kommst du und weißt alles besser? Hätte ich besser dir die Leitung des Geschäfts übertragen sollen?«

»Du brauchst mich gar nicht so anzukeifen«, erwidert sie beleidigt. »Immerhin hast du im neuen Jahr wieder einen Job, während ich arbeitslos werde.«

»Ich brauche aber auch einen Job!«, erkläre ich ihr. »Ich bin alleinstehend und muss allein für meinen Unterhalt aufkommen. Du hingegen hast einen Mann, der dich versorgen kann.«

Jetzt stemmt sie empört die Fäuste auf die Hüften. »Sag mal, geht's noch? In welchem Jahrhundert lebst du denn? Kannst du dir nicht vorstellen, dass ich auch mein eigenes Geld verdienen will, selbst wenn es nur so wenig ist wie in deinem Laden?«

»Tut mir leid, wenn ich dir kein Spitzengehalt zahlen konnte!«, donnere ich sie an. »Aber ja, vielleicht hätte ich dir ja die Entscheidungen überlassen sollen, dann sähe hier alles ganz anders aus!«

Monika stellt die Vase, die sie gerade verpacken wollte, zurück ins Regal. »Jetzt reicht es, Regine. Ich hab's nicht nötig, mich von dir so anbrüllen zu lassen.« Sie durchquert den Laden und zieht ihren Mantel an. Noch einmal wirft sie mir einen Blick zu, den ich schwer deuten kann. »Das Leben ist nun mal nicht perfekt, Regine. Finde dich endlich damit ab, statt ständig andere Leute aus lauter Frust vors Knie zu treten.«

Sprachlos schaue ich zu, wie sie den Laden verlässt. Weg ist sie. Einfach so.

Ich lasse mich schwerfällig auf den letzten Hocker sinken, der noch im Laden steht. Jetzt hat mich meine Cousine und älteste Freundin auch noch im Stich gelassen. So viel haben wir miteinander erlebt. Und gerade jetzt, als es für mich so schwierig ist, haut sie einfach ab.

Mein Blick fällt auf die große Kiste, in die ich meinen Müll gestopft habe. Ganz unten befinden sich die Reste der Krippe und einige andere beschädigte Waren, die ich auch beim Sozialkaufhaus nicht mehr loswerden kann. Darüber eine Schicht von weihnachtlicher Deko und all diesem unsäglichen Krimskrams, der zutage tritt, wenn man einen Raum komplett leer räumen muss. Wertloses Zeug, das nur noch für die Tonne taugt.

Ich empfinde, dass es mit meinem Leben ähnlich ist. Für diesen Laden habe ich eine Menge Opfer gebracht. Er war der Mittelpunkt meines Lebens, vielleicht eine Art Ersatz für die Familie, die ich nie hatte. Dass ich ihn jetzt aufgeben muss, ist der Beweis meines Scheiterns. In vier Jahren werde ich sechzig. Ich hatte mir vorgestellt, dann einen Nachfolger zu finden und das Geschäft zu verkaufen. Aber ich habe es nicht geschafft. Vielleicht sind die großen Onlineanbieter schuld oder die Globalisierung, die so viele billige Imitate in die Kaufhäuser spült, dass die Leute meine hochwertigen Sachen viel zu teuer finden. Vielleicht hätte ich viel eher mit der Baugesellschaft über meine Miete verhandeln müssen, die ich mir einfach nicht mehr leisten konnte.

Vielleicht ist es aber auch meine eigene Schuld, wie Monika gesagt hat. Das, was ich schön finde, ist out, und ich habe die Augen davor verschlossen und einfach so getan, als wäre alles wie früher.

Morgen ist Heiligabend. Da war ich sonst immer bei Monikas Familie eingeladen. Der Pudding, den ich traditionell zum Essen beisteuere, steht bereits in meinem Kühlschrank, die Geschenke sind verpackt… aber am Ende bin ich gar nicht mehr willkommen? Kann es sein, dass mich niemand mehr haben will, weil ich out bin und erfolglos und nur imstande, die wenigen Leute zu verletzen, die sich noch um mich kümmern?

Eine ganze Zeit lang sitze ich hier, völlig unfähig, etwas Sinnvolles zu tun. Dann öffnet sich hinter mir die Tür.

Monika ist zurück!, schießt es mir durch den Kopf. Es tut ihr leid, dass sie so impulsiv war, und wir können uns wieder vertragen.

Leider ist das nicht Monika, denn ich höre eine Männerstimme rufen: »Hallo?«

Vielleicht ist es der Mann von der Baugesellschaft, der die Schlüssel abholen will. Dann ist er früh dran. Müde stehe ich auf und wende mich zur Tür.

Aber der Mann, der jetzt eintritt, kommt nicht von der Baugesellschaft. Trotzdem kenne ich ihn: Es ist der Yuppie-Vater von neulich. »Was wollen Sie denn hier?«, frage ich ihn etwas ruppig. »Der Laden ist geschlossen, wie Sie sehen.«

»Ich wollte Ihnen etwas bringen«, sagt er etwas verlegen. Und damit streckt er mir die Handfläche entgegen, auf der sich die besagte Krippe mit dem Jesuskind befindet.

Ich muss kurz nach Luft schnappen. »Also doch!«, rufe ich. »Ihr Sohn …«

»Nein«, unterbricht er mich und schüttelt den Kopf. »Mein Sohn hat das nicht gestohlen. Vielmehr ist es bei dem großen Durcheinander wohl irgendwie in die Kapuze unserer Tochter geraten. Da haben wir es heute erst wiedergefunden.« Immer noch hält er mir die Schnitzerei hin.

Ich nehme sie und zeige mit einer müden Handbewegung auf das fast leere Ladenlokal. »Das spielt auch keine Rolle mehr, wie Sie sehen. Ich musste das Geschäft leider schließen.«

»Ich hab's gesehen.« Er nickt betreten. »Das tut mir leid. Wir haben da neulich ja für viel Aufruhr gesorgt. Dafür möchte ich mich entschuldigen.«

»Entschuldigen?«, wiederhole ich verblüfft. »Deshalb kommen Sie noch mal hierher? Wieso tun Sie das?«

»Weil es das Richtige ist«, erklärt er. Er zeigt auf die Krippe in meiner Hand, nicht größer als eine Walnuss. »Und wegen Weihnachten.«

»Das müssen sie mir genauer erklären«, sage ich etwas ratlos.

»Nun ja, ich denke, wenn Gott seinen Sohn auf diese Welt schickt, um sich mit den Menschen zu versöhnen, dann ist es ja wohl nur angemessen, dass wir seinem Beispiel folgen, oder?« Er lächelt mich etwas schief an. »Wissen Sie, ich war schon ziemlich sauer, dass Sie meinen Sohn beschuldigt haben. Und er war's ja auch nicht. Aber als heute diese Figur aus Lauras Jacke fiel – da war mir klar, dass ich das in Ordnung bringen muss.«

Ich muss sagen, ich bin verblüfft. Es scheint einer dieser Tage zu sein, an denen alles anders ist. »Sie wollen mir ernsthaft erklären, dass Sie diese Geschichte mit Weihnachten so ernst nehmen, dass Sie sich direkt auf den Weg machen, selbst auf die Gefahr hin, dass Sie mich gar nicht mehr antreffen?«

Er schaut mich recht selbstsicher an. »Ich habe Sie ja angetroffen. Es sollte so sein. Auf Gott ist Verlass.«

»Das glauben Sie wirklich?«

»Na klar!« Er strahlt geradezu, als er das sagt. »Wieso feiern wir denn sonst Weihnachten? Es würde doch gar keinen Sinn ergeben, wenn es dabei nicht um die Geburt des Gottessohnes ginge. Und der ist auf diese Welt gekommen, um Veränderung zu schaffen.«

Ich hatte immer gedacht, solche Ansichten würden heutzutage nur noch von ziemlich weltfremden alten Leuten vertreten, und von Geistlichen, die das von Berufs wegen verkündigen müssen. Sätze wie diese von einem smarten jungen Mann zu hören, ist überraschend. »Na, wenn er hier was verändert hat, dann aber wohl kaum zum Besseren. Ich kann davon jedenfalls nichts feststellen.«

»Es liegt an uns, die Welt zu verändern«, sagt er. »Er hat es uns vorgemacht. Er hat uns jede Menge Anhaltspunkte mitgegeben, an die wir uns halten können. Es ist unsere Entscheidung, ob wir es tun oder nicht.«

»Unsere Entscheidung?«

»Genau!«, nickt er. »Es ist unsere Sache, ob wir die Welt ein bisschen besser machen oder nicht. Zum Beispiel, indem wir uns entschuldigen und einen Fehler zugeben. Deshalb musste ich herkommen.« Er zieht eine Brieftasche aus dem Mantel. »Ich würde gern die Krippe bezahlen. Ohne Jesuskind konnten Sie sie ja wohl nicht verkaufen.«

»Lassen Sie nur«, winke ich ab. »Das spielt keine Rolle mehr.« Mich beeindruckt, dass er sich auf den Weg gemacht hat, um das zu klären. Das hätte nicht jeder getan.

Er kann seine Erleichterung kaum verbergen – der Preis der Krippe macht vermutlich schon einen Unterschied im Budget einer Familie mit zwei Kindern.

Als er gegangen ist, denke ich noch eine ganze Weile über das nach, was er gesagt hat. Dann kippe ich meine Abfallkiste aus, suche die einzelnen Teile der Krippe heraus und lege sie in eine Schachtel, um sie mit nach Hause zu nehmen.

Es fällt mir danach nicht leichter, den Rest aufzuräumen und das Ladenlokal übergabefertig zu machen. Monika ist nicht zurückgekommen, und der Gedanke daran, wie sie sich über mich ärgert, ist alles andere als angenehm.

Aber das muss nicht so bleiben. In meinem Leben beginnt ein neues Kapitel. Plötzlich verstehe ich: Ich habe es mir so nicht ausgesucht, aber es liegt an mir, wie ich damit umgehe. Meine erste Maßnahme wird sein, Monika anzurufen und mich wieder mit ihr zu versöhnen. Wenn dieser junge Familienvater die Mühe auf sich nimmt, eine unerfreuliche Angelegenheit in Ordnung zu bringen, kann ich das auch.

Ich werde das abgebrochene Bein des Esels wieder ankleben. Vielleicht wird er nicht mehr ganz so gut aussehen wie vorher, aber das ist egal. Er soll mich daran erinnern, dass man immer Schritte der Veränderung gehen kann – auch wenn sie uns nicht leichtfallen.

Wieso feiern wir denn sonst Weihnachten?

Weihnachtsgeschenke

Lesezeit: ca. 9 Minuten

»Ich weiß jetzt, was ich mir zu Weihnachten wünsche«, sagte Maja, während sie die Becher spülte, die Sören ihr auf die Theke räumte. Das Publikum des Weihnachtsmarktes hatte sich bereits verlaufen, und wenn sie alles aufgeräumt hatten, konnten sie ihren Glühweinstand für heute schließen und nach Hause gehen.

»Ach ja?«, fragte Sören. »Was denn?« Es sollte nicht zu interessiert klingen, aber er war natürlich längst auf der Suche nach einem Geschenk, über das sie sich freuen würde. Es war nicht einfach, für Maja etwas Passendes zu finden.

»Eine Lammfelljacke«, erwiderte sie und tunkte weitere Gläser ins Spülwasser. »Vielleicht ist mir dann endlich mal warm genug, wenn ich hier den ganzen Tag in der Kälte stehe.«

»Eine Lammfelljacke?«, wiederholte er entsetzt. »Ist das dein Ernst? Die Dinger kosten über tausend Euro!«

»Nicht unbedingt«, entgegnete sie gelassen. »Der Barto, du weißt schon, der den Stand mit den Ledersachen hat, der sagt, er kriegt demnächst einen ganzen Schwung rein für hundertzwanzig das Stück.«

»Hundertzwanzig?« Sören verzog skeptisch das Gesicht. »Die sind doch nicht echt! Und dafür sind sie dann wieder zu teuer.«

»Doch, die sind aus echtem Lammfell«, versicherte Maja. »Er hat es hoch und heilig geschworen.«

»Na, ob dem was heilig ist…«, brummte Sören und wanderte mit dem Besen davon, um vor dem Stand zu fegen. Es war in der Tat ziemlich kalt geworden. Und er konnte Majas Wunsch verstehen. Aber das Geld war so knapp, seit sie in die neue Wohnung gezogen waren; und auch wenn das Geschäft jetzt – kurz vor Weihnachten – recht gut lief, würden sie so schnell nicht reich werden. Ein Geschenk für tausend Euro war jedenfalls nicht drin, egal wie er es drehte und wendete.

Trotzdem ging er natürlich am nächsten Tag an Bartos Lederwarenstand vorbei, sobald sich eine Gelegenheit ergab. Barto stammte von der Elfenbeinküste und hieß eigentlich Bartholomé, aber das war den Betreibern der Marktstände ringsherum zu kompliziert.

»He! Bist du der Mann von die Glühwein da'inten?«, fragte er Sören.

Der nickte. »Ich hab gehört, du hast echte Lammfelljacken?«

Barto grinste mit weißen Zähnen, die seine Haut im Kontrast noch dunkler erscheinen ließen. »Nächste Woch isch kriege! Du willst ein' für deine Frau?«

»Vielleicht«, sagte Sören bedächtig. »Die kosten tatsächlich nur hundertzwanzig Euro?«

»Für disch!«, bestätigte Barto. »Sonst für Leute hundertfünfzisch. Aber du Kollege, du kriegst billiger. Gute Ware, alles gut!« Er ließ Sören stehen, um am anderen Ende seiner Auslage einen Kunden anzusprechen, der gerade die Gürtel begutachtete.

Fredi, die am Nachbarstand mit Kerzen handelte, sah ihm naserümpfend hinterher. »Du willst von dem eine Jacke kaufen?«

»Die wünscht Maja sich zu Weihnachten. Und wenn die so günstig sind …«

»Pah!«, machte Fredi. »Günstig, allerdings! Wer kann schon sagen, von welchem LKW die gefallen sind!«

Sören sah sie erschrocken an. »Du meinst, die sind …«

»Ich meine nicht, ich weiß es«, sagte Fredi. »Du kriegst von da drüben aus ja nicht mit, was sich hier manchmal abspielt, seitdem der Barto diesen Platz übernommen hat. Aber in Ordnung ist das nicht.« Sie nickte ihrem Nachbarn auf der anderen Seite zu. »Hermann, erzähl mal dem Sören was über die Geschäfte vom Barto.«

»Besser nicht«, brummte Hermann. »Sonst krieg ich am Ende noch Ärger mit seinen Kumpels. Die, die ihn immer in der Nacht beliefern, wenn du verstehst, was ich meine.«

»Alles klar«, murmelte Sören enttäuscht und schlenderte davon. Noch war es ganz ruhig auf dem Markt. Deshalb gönnte er sich ein paar Minuten Zeit und betrat die Kirche, die am Ende des Platzes stand. Das tat er immer wieder mal, um Zwiesprache mit Gott zu halten, weil ihm das in der Hektik des Weihnachtsmarktes sonst nicht gelang.

Als er aus der Kirche wieder herauskam, hatte er Klarheit, aber froh war er nicht. Schon von Weitem sah er Maja an ihrem

Stand hantieren und wieder einmal empfand er spontan seine Liebe zu ihr. Was wäre er denn ohne sie? Er erinnerte sich an die üble Zeit, als er ganz unten angekommen war. Sie hatte zu ihm gehalten, als er ins Gefängnis musste, hatte stoisch ertragen, wenn er sich über ihren Glauben lustig machte, hatte weiterhin für ihn gebetet – bis er in der Lage war, Jesus in sein Leben aufzunehmen. Seitdem rackerten sie sich gemeinsam ab, um sich etwas aufzubauen, und immer, wenn ihn der Mut zu verlassen drohte, war es Maja, die ihn allen Widrigkeiten zum Trotz ermutigte weiterzumachen.

Wie gern würde er ihren Wunsch erfüllen! Es schmerzte ihn, an das Weihnachtsfest zu denken, das sich jetzt rasend schnell näherte. Aber als sie zu ihm herüberschaute, setzte er ein beruhigendes Lächeln auf.

Der Tag war anstrengend gewesen und sie kamen erschöpft in ihrer Wohnung an. Maja ließ sich auf die Couch fallen und zog ihre Stiefel aus. »Ich gucke nur gleich noch die Wettervorhersage, dann muss ich ins Bett!«, verkündete sie und griff nach der Fernbedienung.

»Warte einen Moment!«, bat Sören. »Ich wollte dir ... noch eben etwas sagen.« Er seufzte tief und setzte sich in den Sessel gegenüber. Jetzt hatte er die Lawine losgetreten, jetzt musste er es auch zu Ende bringen.

»Na, da bin ich aber gespannt!«, lachte sie. »Worum geht es denn?«

»Um Weihnachten«, sagte er und schaute auf seine Schuhe, weil es so schwer war, sie dabei anzusehen. »Ich wollte nicht, dass du dann enttäuscht bist. Aber weißt du, diese Lammfelljacke … das geht einfach nicht.«

»Das geht nicht?«, fragte sie verständnislos. »Kriegt Barto jetzt doch keine?«

Wer weiß, vielleicht hatte sie tatsächlich mitbekommen, dass er sich bei Barto erkundigt hatte. So leicht entging Maja nichts. »Doch, er wird die verkaufen, aber … Maja, ich kann die nicht nehmen. Das ist Hehlerware. Fredi und Hermann haben es beide gesagt.«

Majas Lächeln wich einem besorgten Gesichtsausdruck. »Du meinst, die sind geklaut?«

Sören nickte bekümmert. »Und deshalb … deshalb kann ich die nicht kaufen. Es wäre einfach nicht richtig. Verstehst du das?«

Maja nickte schweigend. Dann stand sie auf und ging zum Fenster. Sören ahnte, dass sie das tat, damit er die Enttäuschung auf ihrem Gesicht nicht sehen konnte.

Bekümmert trat er hinter sie und schlang die Arme um ihre Schultern. »Es tut mir leid«, flüsterte er. »Ich hätte es gern getan, aber es ist und bleibt illegal.«

»Du hast ja recht«, sagte sie ruhig. Gemeinsam schauten sie eine Weile auf die menschenleere Straße unter ihnen. Schließlich drehte sie sich in seinen Armen um. »Du hast recht«, wiederholte sie, »und ich bin froh, dass du das so siehst. Ich musste gerade an Jesus denken und unter welchen Umständen sein Weihnachten abgelaufen ist. Der hatte gar nichts.«

»Sag das nicht«, meinte er mit einem Lächeln. »Angeblich kamen doch diese Magier vorbei und haben ihm Gold, Weihrauch und Myrrhe geschenkt. Und wer weiß, vielleicht hatten die Hirten sogar ein Lammfell dabei.«

Sie stupste ihn mit dem Finger gegen die Brust. »Vielleicht brauchte er das ja ziemlich dringend in dieser gammeligen Futterkrippe. Aber ich komme auch ohne einen Lammfellmantel zurecht.« Jetzt schaffte sie auch wieder ein schiefes Grinsen. »Der kann mir gestohlen bleiben!«

»Es tut mir trotzdem leid«, sagte Sören.

»Mir ist es lieber so«, sagte sie. »Weihnachten mit einem schlechten Gewissen ist schlimmer als ohne Geschenke. Darum geht es letztlich doch gar nicht.«

»Klar geht es nicht in erster Linie um Geschenke«, sagte er. »Aber es ist eben auch ein Moment, wo man dem Menschen, den man am meisten liebt, eine Freude machen möchte.«

»Ich freue mich mehr darüber, dass du in diesem Fall Rückgrat zeigst«, behauptete Maja und bekräftigte das mit einem Kuss.

Fast eine Woche gelang es Sören, Barto aus dem Weg zu gehen, aber irgendwann schnitt ihm der Lederhändler mitten auf dem Markt den Weg ab. »Du, komm mit!«, befahl er und zog Sören am Arm. »Jetzt isch habe Jacken!«

Etwa ein halbes Dutzend davon lag auf seinem Verkaufstisch. Sören brauchte sie gar nicht anzufassen, um zu wissen, dass es tatsächlich hochwertige Ware war.

»Hier, ist richtige Größe«, sagte Barto und drückte ihm eine helle Jacke in die Hand. Sie war weich und warm und würde zu Majas dunklem Haar bestimmt toll aussehen. Aber

Sören bemerkte ebenfalls, dass nicht nur die Etiketten entfernt worden waren, sondern offensichtlich auch eine Diebstahlsicherung, deren Spuren noch innen an der Seitennaht sichtbar waren.

Sören gab die Jacke zurück. »Die will ich nicht.«

»Du willst andere? Hier ist dunklere.« Barto hielt sie ihm hin. »Hundertzwanzig Euro, ist gute Preis!«

Sören schüttelte den Kopf. »Auch die nicht.«

»Wieso nischt? Okay, ich gebe für hundertzehn, Freundschaftspreis.«

Sören schluckte. »Nein, ich habe es mir anders überlegt. Ich will keine von diesen Jacken kaufen.«

Jetzt verschwand das Lächeln vom Gesicht des Afrikaners. »Warum? Ist, weil ich bin schwarz? Bist du Nazi?«

»Quatsch«, sagte Sören. »Das hat damit nichts zu tun.«

Barto runzelte die Stirn. »Du bist nischt meine Freund?« Er versuchte wieder, ihm die Jacke in die Hand zu drücken. »Hundert Euro! Oder bist du Nazi? Keine Freund für Schwarze?«

Entschlossen wies Sören die Jacke zurück. »Ich bin kein Nazi, aber ich will auch nichts kaufen!« Er wandte sich um und stapfte hastig davon, schweigend beobachtet von Fredi und Hermann.

Sören brauchte eine ganze Weile, um sein inneres Gleichgewicht wiederzufinden. Nicht nur, weil er die Gelegenheit ausgeschlagen hatte, Maja für einen Spottpreis ihren Wunsch zu erfüllen. Das war schlimm genug, denn Maja wünschte sich selten etwas. Es hatte auch mit diesem Vorwurf zu tun.

Wie unfair von Barto, ihn als Nazi zu bezeichnen, nur weil er mit ihm nicht ins Geschäft gekommen war! Sein Kopf sagte ihm zwar, dass es nur ein mieser Schachzug eines gewieften Markthändlers war, den er einfach abhaken konnte, aber sein Gefühl benötigte deutlich länger.

Hatte er richtig gehandelt? Hätte er nicht auch seine Bedenken ignorieren können? Dann hätte Barto ihn nicht so angefeindet, und er hätte zudem ein tolles Geschenk für Maja. Aber er wusste nun mal, was es mit diesen Jacken auf sich hatte. Oder hätte er Barto sogar konfrontieren müssen? Das ging wohl auch nicht, denn er hatte keine Beweise. Stattdessen hätte er Fredi und Hermann mit in die Sache hineinziehen müssen – und das würden sie bestimmt nicht wollen.

Schließlich landete er wieder in seiner Kirchenbank. Es tat einfach gut, dort zu sitzen, die Stille der großen Kirche zu spüren und alles an Gott abzugeben.

Beim Hinausgehen traf er auf den älteren Mann, der oft hier war und sich um die Liederbücher, die Plakate am schwarzen Brett und die Kerzen am Altar kümmerte. »Gesegnete Weihnachten!«, wünschte er und bemerkte dann: »Sie machen einen bedrückten Eindruck, junger Mann.«

Sören seufzte. »Wissen Sie, im Augenblick ist mir nicht so nach Weihnachten.«

Der Mann nickte verständnisvoll. »Ja, das kenne ich. Aber Gott lässt uns nicht im Stich, glauben Sie mir.«

Sören biss sich auf die Lippen. Natürlich glaubte er das – meistens jedenfalls. Aber er glaubte auch, dass Gott es ihm nicht immer leicht machen und für alles eine Lösung bieten würde.

Er ließ sich gefallen, dass der Mann ihm tröstend die Hand tätschelte, und verließ die Kirche. Draußen empfingen ihn feuchtkaltes Nieselwetter und die Töne eines Weihnachtsliedes, das ein Straßenmusikant vor dem Kirchenportal zum Besten gab: »Freue dich, Welt, der Herr ist da!«

Dem Mann musste es schlecht gehen, wenn er bei diesem Mistwetter musizierte. Sören warf ihm eilig ein paar Euro in die ausgelegte Kappe und bog in die Einkaufsstraße ein. Er hatte nicht mehr viel Zeit, um für Maja ein Geschenk zu finden, und bevor er mit leeren Händen dastand, würde er ihr halt Schmuck kaufen. Wobei das schwierig war, denn Maja trug keine Ringe, weil die sie beim Arbeiten störten. Auch Ohrlöcher hatte sie sich nie stechen lassen. Also blieb wohl nur eine Kette – vielleicht fand er eine mit einem schönen Anhänger?

Er durchquerte die Straße bis zu dem Juwelier an der Ecke, aber was er in dessen Auslage sah, überstieg entweder seine finanziellen Möglichkeiten oder sah einfach nicht schön aus. Ein Stück weiter musste es noch ein Schmuckgeschäft geben. Er trabte schicksalsergeben weiter – und blieb plötzlich stehen, denn aus dem Augenwinkel hatte er etwas völlig anderes entdeckt.

Er schaute genauer hin. Seit wann gab es hier einen Secondhandladen? Der war ihm noch nie aufgefallen. Aber so war es, und im Schaufenster stand eine Frau, die gerade eine wunderschöne dunkelbraune Schaffelljacke über eine Puppe zog.

Ohne zu zögern, betrat er den Laden. »Diese Jacke!«, stieß er hervor. »Was für eine Größe hat die?«

Die Frau lächelte und nahm die Jacke wieder von der Figur. »Das ist eine Vierzig«, sagte sie. »Ein ganz tolles Stück. Gerade erst reingekommen.«

Maja trug Größe achtunddreißig, das könnte also gehen. »Könnten Sie die vielleicht mal überziehen?«, bat er. »Sie haben eine ähnliche Figur wie meine Frau.«

»Na klar.« Die Frau schlüpfte in den Mantel und Sören wusste einfach: Das war sein Geschenk für Maja.

Die Verkäuferin trat vor den Spiegel und betrachtete sich selbst. »Ein schönes Teil! Es hat nur einen kleinen Fehler, schauen Sie.« Sie klappte das Vorderteil auf und zeigte ihm einen Fleck, der etwas dunkler war als der Rest des Fells. »Die Frau sagte, da ist ihr aus Versehen Glühwein draufgespritzt.«

Sören musste lachen. Ausgerechnet Glühwein! Das könnte der Jacke noch häufiger passieren, wenn Maja sie trug. »Das macht überhaupt nichts!«, versicherte er. »Was soll sie kosten?«

»Ich hatte an hundertzwanzig Euro gedacht«, sagte sie. »Wäre das Ihnen recht? Alle unsere Einnahmen gehen an die Flüchtlingshilfe, wissen Sie.«

»Na klar ist mir das recht«, sagte Sören vergnügt. Zehn Minuten später kam er – mit einer großen Tüte in der Hand – erneut an der Kirche vorbei.

Der Musiker war nicht mehr da. Das Kirchenportal war über die Mittagszeit geschlossen. Aber Sören hatte den Satz noch im Ohr: Gott lässt uns nicht im Stich. Und er hatte gerade mal wieder erfahren, dass es stimmte.

Wilhelm Bammessel

Als Weihnachten nach Hause kam
Hoffnungsgeschichten

Was passiert, wenn Weihnachten richtig unter die Haut geht? Wilhelm Bammessel erzählt, wie die »unherrlichen« Momente der Weihnachtsgeschichte die ganz normalen, »unherrlichen« Momente von einzelnen Menschen berühren. Geschichten, so sanft, nah und echt, dass sie zu Tränen rühren.

Gebunden, 12,5 x 18,7 cm, 144 S.
Nr. 395.861, ISBN: 978-3-7751-5861-9
Auch als E-Book